古诗文新纂

沈 阳 著

苏州大学出版社

图书在版编目(CIP)数据

古诗文新纂/沈阳著. —苏州：苏州大学出版社，2014.10
ISBN 978-7-5672-1093-6

Ⅰ.①古… Ⅱ.①沈… Ⅲ.①诗集—中国—当代②散文集—中国—当代 Ⅳ.①I217.2

中国版本图书馆 CIP 数据核字(2014)第 227598 号

书　　名：古诗文新纂

著　　者：沈　阳
策　　划：巫　洁
责任编辑：巫　洁
装帧设计：吴　钰

出版发行：苏州大学出版社(Soochow University Press)
出 品 人：张建初
社　　址：苏州市十梓街 1 号　**邮编：**215006
印　　刷：苏州工业园区美柯乐制版印务有限责任公司
网　　址：www.sudapress.com
E - mail：Liuwang@suda.edu.cn　**QQ：**64826224
邮购热线：0512-67480030
销售热线：0512-65225020

开　　本：890 mm×1 240 mm　1/32　**印张：**9　**字数：**195 千
版　　次：2014 年 10 月第 1 版
印　　次：2014 年 10 月第 1 次印刷
书　　号：ISBN 978-7-5672-1093-6
定　　价：28.00 元

自　序

本书选辑我国著名的古诗、词、曲、文计100余篇，笔者不揣冒昧，斗胆尝试，将此100余篇全部改作成诗，或四言，或五言，或七言，今以改诗新纂形式完造再现。

本书所列100余篇，选自历代名家屈原、司马迁、曹操、郦道元、王羲之、陶渊明、王勃、孟浩然、李白、白居易、杜牧、温庭筠、韦庄、李煜、范仲淹、晏殊、欧阳修、柳永、周敦颐、王安石、苏轼、黄庭坚、秦观、周邦彦、岳飞、李清照、陆游、范成大、杨万里、辛弃疾、元好问、马致远、汤显祖等人的名作。

笔者唐突篡改古诗词文，非是亵古不敬，实为本着信、达、雅原则，探索尝试切换文体，窃心大者而言是为了弘扬我国的优秀传统文化，小者而言只为便利今日读者以诗诵方式浏览，得以兼收易读易记之裨益。

在本书写作中，欣得友人李桂英（包头市第六中学语文高级教师）鼎力支持，其参与撰写了原作的作者简介和作品说明，并由笔者修改和统稿。为此，特致以衷心的感谢。

惶恐之余，奉上拙作《古诗文新纂》，谨此就教于方家与读者，尚祈不吝批谬斧正。

沈　阳

2014年8月21日于苏州大学

目　次

古诗词曲

古代散文

古诗词曲

湘夫人(原作者屈原)

帝子降北渚，
极目予愁望。
袅袅秋风波，
洞庭木叶扬。
白薠骋望中，
佳期待夕张。
鸟何萃蘋中？
罾何为木上？
沅有茝之清，
澧有兰之香，
今欲思公子，
未言先彷徨。
潺湲观流水，
恍惚更远望。
蛟何为水裔？
麋何食庭上？
江皋朝驰马，
西澨夕下缰。

予闻佳人召，
腾驾偕奔忙。
葺之以荷盖，
筑室水中央。
荪壁复紫坛，
芳椒播成堂。
桂栋兼兰橑，
辛夷楣药房。
薜荔罔为帷，
擗蕙幔既张。
白玉镇之上，
石兰疏为芳。
芷葺此荷屋，
缭之杜衡香。
清馨三庑门，
百草满庭芳。
九嶷缤纷迎，
仙灵如云降。
余褋遗澧浦，
余袂捐大江。
汀洲采杜若，
将以遗远方。
时不可骤得，

聊游逍遥乡！

原作对照

帝子降兮北渚，目眇眇兮愁予。
袅袅兮秋风，洞庭波兮木叶下。
白薠兮骋望，与佳期兮夕张。
鸟何萃兮蘋中，罾何为兮木上？
沅有茝兮澧有兰，思公子兮未敢言。
荒忽兮远望，观流水兮潺湲。
麋何食兮庭中，蛟何为兮水裔？
朝驰余马兮江皋，夕济兮西澨。
闻佳人兮召予，将腾驾兮偕逝。
筑室兮水中，葺之兮荷盖。
荪壁兮紫坛，播芳椒兮成堂。
桂栋兮兰橑，辛夷楣兮药房。
罔薜荔兮为帷，擗蕙櫋兮既张。
白玉兮为镇，疏石兰兮为芳。
芷葺兮荷屋，缭之兮杜衡。
合百草兮实庭，建芳馨兮庑门。
九嶷缤兮并迎，灵之来兮如云。
捐余袂兮江中，遗余褋兮澧浦。

搴汀洲兮杜若，将以遗兮远者。
时不可兮骤得，聊逍遥兮容与！

作者简介

屈原（约公元前340年—前278年），名平，字原，战国时期楚国丹阳（今湖北省秭归县）人。我国古代伟大的爱国诗人。曾任三闾大夫、左徒等，主持楚国内政和外交。他力主在国内举贤修法，外交上联齐抗秦。后因遭谗言被楚怀王疏远，流放至沅、湘一带，最终在长沙附近的汨罗江怀石自沉。他开创的诗歌体裁“楚辞”，因其代表作品是《离骚》，故被称为“骚”体，是我国浪漫主义文学的源头，与现实主义文学源头的《诗经》并称“风骚”。世界和平理事会在1953年将屈原列为世界四大文化名人之一。

作品说明

本篇选自《楚辞·九歌》，与《九歌》中的《湘君》是姊妹篇。湘夫人和湘君并称为楚地传说中的湘水配偶神。此篇写湘君与湘夫人约好了在北渚相会，湘夫人却久久不至。湘君由思念等待继而四处寻找，寻找无果后决心继续期盼等待。全诗表达了湘君对湘夫人的思慕及哀怨之情。

离　骚（节选，原作者屈原）

改诗新纂

掩涕长叹息，
民生哀多艰。
余虽好修为，
朝谏夕罢官。
既谄余戴蕙，
又斥余采兰。
余心之所善，
九死未悔前。
但怨灵浩荡，
不察民心田。
众女嫉蛾眉，
谣诼余淫贱。
时俗固工巧，
规矩错改偭。
绳墨岂追曲，
周容度为赝。
忧郁失意人，

吾独穷困天。
溘死宁流亡，
不忍此态煎！
鸷鸟之不群，
前世自固然。
何方圜能周？
异道孰相安？
屈心而抑志，
忍尤招垢怨。
清白伏死直，
前圣所厚坚。
相道悔不察，
延伫吾将返。
吾车回复路，
及行迷未远。
余马步兰皋，
椒丘且歇鞍。
离尤进不入，
初服吾修剪。
芙蓉集为裳，
芰荷制衣襜。
苟余情信芳，
不知吾亦免。

长余佩陆离，
高余岌岌冠。
芳与泽杂糅，
昭质其未欠。
游目忽反顾，
将往四荒观。
繁饰佩缤纷，
芳菲弥彰显。
民生各有乐，
余独好修范。
余心岂可惩？
体解犹未变！

原作对照

长太息以掩涕兮，哀民生之多艰。
余虽好修姱以鞿羁兮，謇朝谇而夕替。
既替余以蕙纕兮，又申之以揽茝。
亦余心之所善兮，虽九死其犹未悔。
怨灵修之浩荡兮，终不察夫民心。
众女嫉余之蛾眉兮，谣诼谓余以善淫。
固时俗之工巧兮，偭规矩而改错。

背绳墨以追曲兮，竞周容以为度。
忳郁邑余侘傺兮，吾独穷困乎此时也！
宁溘死以流亡兮，余不忍为此态也！
鸷鸟之不群兮，自前世而固然。
何方圜之能周兮，夫孰异道而相安！
屈心而抑志兮，忍尤而攘诟。
伏清白以死直兮，固前圣之所厚。
悔相道之不察兮，延伫乎吾将反。
回朕车以复路兮，及行迷之未远。
步余马于兰皋兮，驰椒丘且焉止息。
进不入以离尤兮，退将复修吾初服。
制芰荷以为衣兮，集芙蓉以为裳。
不吾知其亦已兮，苟余情其信芳。
高余冠之岌岌兮，长余佩之陆离。
芳与泽其杂糅兮，唯昭质其犹未亏。
忽反顾以游目兮，将往观乎四荒。
佩缤纷其繁饰兮，芳菲菲其弥章。
民生各有所乐兮，余独好修以为常。
虽体解吾犹未变兮，岂余心之可惩！

作品说明

《离骚》是我国古代最长的一首浪漫主义抒情诗。“离骚”，司马迁解释为“离忧”，就是“遭遇忧愁”的意思。屈原忠君爱国，却因小人的谗言遭到楚怀王的疏远放逐。诗歌引用了大量的神话传说，以香花、香草、美禽做比喻，抒写诗人在“美政”理想惨遭失败后的心理变化，以及在去留问题上的思想斗争，表现了他对祖国的深厚感情。全诗较长，笔者节选其中的一节改作，以表达对诗人不愿同流合污的高尚情操和至死不悔的坚贞气节的钦敬之情。

观 沧 海(原作者曹操)

改诗新纂

东临碣石山,独观沧海水。
水阔何澹澹,山岛竦峙翠。
百草丰茂荣,树木丛生伟。
秋风萧瑟起,洪波涌浪沸。
日月之行移,若出其中飞。
星汉之灿烂,若出其里辉。
兴甚且放歌,咏志四海归。

原作对照

东临碣石,以观沧海。
水何澹澹,山岛竦峙。
树木丛生,百草丰茂。
秋风萧瑟,洪波涌起。
日月之行,若出其中;

星汉灿烂，若出其里。
幸甚至哉，歌以咏志。

作者简介

曹操(155年—220年)，字孟德，小字阿瞒，东汉沛国谯郡(今安徽省亳州市)人。东汉末年著名政治家、军事家、文学家，三国时期曹魏政权的主要缔造者。曹操一生以汉丞相的名义征讨四方，为统一中原做出了很大贡献；同时在北方广泛屯田，对恢复农业生产起到了一定的作用。后其子曹丕称帝，追尊曹操为武帝。曹操精兵法，善诗歌，他的作品有的抒发自己的政治抱负，有的反映汉末人民的苦难生活，慷慨悲凉但气魄雄伟。今存诗21篇，有《魏武帝集》传世。

作品说明

建安十二年(207年)，曹操北征乌桓(最早是附属于匈奴的一支东胡部落)，得胜回师途中登临碣石山，写下了这首诗。

碣石山，在今河北省乐亭县西南，今已没入海中。

这首四言诗，写了作者登山望海所见到的雄伟壮丽的自然景物，表达了诗人昂扬豪迈的进取精神。

山　中(原作者王勃)

改诗新纂

长江流水悲还滞，
万里心潮念欲归。
况属高风霜重晚，
山山黄叶接天飞。

原作对照

长江悲已滞，万里念将归。
况属高风晚，山山黄叶飞。

作者简介

王勃(650年—676年)，字子安，绛州龙门(今山西省河津市)人，唐代著名诗人。王勃十七岁时，即被授予朝散郎官职，与杨炯、卢照邻、骆宾王并称为“初唐四杰”。他们四人改革六朝以来颓废绮丽的文风，开创了初唐诗文的新气象。王勃在文学方面主张实用，他的诗文创作“壮而不虚，刚而能润，雕而不碎，按而弥坚”（杨炯《王勃集序》语），对转变初唐柔弱纤细的诗风起了很大作用。他27岁时不幸早逝，但学术著述丰富，著录有《周易发挥》等十多种，惜大多佚失。今存诗80多首，赋、序、表、碑、颂等散文90多篇，有《王子安集》等传世。

作品说明

这是一首抒写旅愁归思的作品。唐高宗咸亨二年（671年），王勃客游巴蜀，看到萧瑟的秋风、飘零的黄叶，自己的羁旅愁思被触发。诗歌采用以景结情的写法，既渲染了深秋时节苍凉悲怆的环境氛围，又表现了诗人飘零的旅况和萧瑟的心境。

宿建德江(原作者孟浩然)

改诗新纂

移舟过水停烟渚，
日暮添愁客怨新。
野旷天低将隐树，
江清月近愈亲人。

原作对照

移舟泊烟渚，日暮客愁新。
野旷天低树，江清月近人。

作者简介

孟浩然(689年或691年—740年)，名浩，字浩然，号鹿门处士，唐代襄州襄阳(今湖北省襄阳市)人。盛唐时期著名山水田园诗人，性格清高、耿介，终生未仕，与张九龄、王维、王昌龄等人交谊。孟浩然的诗歌以五言短篇为主，内容多写山水田园和隐逸、行旅。他的诗歌平实简朴，生动精练，有着浓郁的生活气息。今存《孟浩然集》。

作品说明

这是一首描写秋江暮色的诗。先叙事后写景，借宇宙的广阔来反衬自己的渺小，借月亮陪伴自己说明自己旅途的孤独寂寞。诗歌采用白描的手法，淡墨轻描，却传达出了诗人羁旅漂泊的孤独思乡之情。

梦游天姥吟留别(原作者李白)

改诗新纂

海客夜谈古瀛洲，
烟涛微茫信求难。
越人笑语夸天姥，
云霓明灭或可鉴。
天姥连天向天横，
势拔五岳赤城掩。
天台一万八千丈，
对此欲倒倾东南。
我欲因之梦吴越，
乘月夜渡镜湖边。
皎皎好月照我影，
殷勤送我剡溪畔。
谢公宿处今尚在，
渌水荡漾啼清猿。
双脚先着谢公屐，
独身登梯青云端。
雾蔽半壁见海日，
静听天鸡鸣空远。

千岩万转路不定，
迷花倚石忽瞑暗。
熊咆龙吟殷岩泉，
栗深林兮惊层巅。
群云青青山欲雨，
孤水澹澹峡生烟。
列缺霹雳丘峦崩，
洞天石开訇然现。
青冥浩荡不见底，
金银台上日月炫。
霓为衣兮风为马，
云君纷纷来下凡。
虎鼓瑟兮鸾回车，
列队如麻是为仙。
忽忽魂悸催魄动，
恍然惊起长嗟叹。
惟余觉时枕与席，
尽失向来霞共烟。
世间行乐亦如此，
古来万事水东转。
一梦已醒尚流连，
别君去兮何时还？
且放白鹿青崖间，

须行即骑访名山。
安能折腰事权贵，
使我不得开心颜！

原作对照

海客谈瀛洲，烟涛微茫信难求。
越人语天姥，云霓明灭或可睹。
天姥连天向天横，势拔五岳掩赤城。
天台一万八千丈，对此欲倒东南倾。
我欲因之梦吴越，一夜飞渡镜湖月。
湖月照我影，送我至剡溪。
谢公宿处今尚在，渌水荡漾清猿啼。
脚著谢公屐，身登青云梯。
半壁见海日，空中闻天鸡。
千岩万转路不定，迷花倚石忽已暝。
熊咆龙吟殷岩泉，栗深林兮惊层巅。
云青青兮欲雨，水澹澹兮生烟。
列缺霹雳，丘峦崩摧。
洞天石扉，訇然中开。
青冥浩荡不见底，日月照耀金银台。
霓为衣兮风为马，云之君兮纷纷而来下。

虎鼓瑟兮鸾回车，仙之人兮列如麻。
忽魂悸以魄动，恍惊起而长嗟。
惟觉时之枕席，失向来之烟霞。
世间行乐亦如此，古来万事东流水。
别君去兮何时还？
且放白鹿青崖间，须行即骑访名山。
安能摧眉折腰事权贵，使我不得开心颜！

作者简介

李白（701 年—762 年），字太白，号青莲居士，祖籍陇西成纪（今甘肃省天水市），幼年时随父迁居绵州昌隆县（今四川省江油市），我国文学史上杰出的浪漫主义诗人，被后人尊称为“诗仙”。李白的诗以抒情为主，他创作的大量诗篇，既反映盛唐时期的繁荣气象，也揭露和批判了统治集团的荒淫和腐败，表现出蔑视权贵、追求自由和理想的精神。其诗风豪放飘逸，想象丰富，善用比喻和夸张，形成了特有的瑰丽绚烂的色彩。有《李太白集》等传世。

作品说明

天姥山，在今浙江省新昌县东南面。

唐玄宗天宝三年（744 年），李白在长安受到权贵的排挤，被“赐金放还”。第二年，他准备由东鲁（今山东）南游越州（今浙江省绍兴），写了这首描绘梦中游历天姥山的诗，留给在东鲁的朋友。这是一首游仙诗，诗歌围绕游历仙境的梦幻展开，运用夸张的手法，通过塑造幻想中的形象，写神仙世界的美丽，反衬对丑恶的现实世界的憎恶，表达了作者不愿跟权臣贵戚同流合污的主旨。

蜀道难(原作者李白)

改诗新纂

嘻吁危乎高入云，
蜀道难于上青天。
问遍蚕丛及鱼凫，
英杰开国何茫然。
尔来四万八千岁，
不与秦塞通人烟。
西当太白有鸟道，
可以横绝峨眉巅。
地崩山摧壮士死，
天梯石栈相钩连。
六龙车绕上高峰，
冲波逆折下回川。
黄鹤之飞不得过，
猿猱欲度愁攀援。
一瞥青泥何盘盘，
百步九折萦岩峦。
扪参历井仰胁息，
以手抚膺坐长叹。

问君西游何时还？
畏途巉岩不可攀。
但见悲鸟号古木，
雄飞雌从绕林间。
又闻子规啼夜月，
声声寂寥愁空山。
蜀道难于上青天，
使人听此凋朱颜。
连峰去天不盈尺，
枯松倒挂绝壁悬。
飞湍瀑流响如雷，
砯崖转石万壑喧。
嗟叹其险也如此，
远道之人胡来前！
剑阁峥嵘而崔嵬，
一夫当关万夫怨。
所守之兵或匪亲，
化为狼豺怎睹面。
朝避猛虎夕避蛇，
磨牙吮血现梦魇。
锦城虽云欢与乐，
蹉跎莫如趁早还。
侧身西望长咨嗟，

蜀道难于上青天！

原作对照

噫吁戏，危乎高哉！
蜀道之难，难于上青天。
蚕丛及鱼凫，开国何茫然。
尔来四万八千岁，不与秦塞通人烟。
西当太白有鸟道，可以横绝峨眉巅。
地崩山摧壮士死，然后天梯石栈相钩连。
上有六龙回日之高标，下有冲波逆折之回川。
黄鹤之飞尚不得过，猿猱欲度愁攀援。
青泥何盘盘，百步九折萦岩峦。
扪参历井仰胁息，以手抚膺坐长叹。
问君西游何时还？畏途巉岩不可攀。
但见悲鸟号古木，雄飞雌从绕林间。
又闻子规啼夜月，愁空山。
蜀道之难，难于上青天，使人听此凋朱颜。
连峰去天不盈尺，枯松倒挂倚绝壁。
飞湍瀑流争喧豗，砯崖转石万壑雷。
其险也如此，嗟尔远道之人，胡为乎来哉！
剑阁峥嵘而崔嵬，一夫当关，万夫莫开。

所守或匪亲，化为狼与豺。
朝避猛虎，夕避长蛇，磨牙吮血，杀人如麻。
锦城虽云乐，不如早还家。
蜀道之难，难于上青天，侧身西望长咨嗟！

作品说明

这首诗大约写于唐玄宗天宝初年(742年)，当时正值李白第一次到长安。作者以丰富的想象，运用神奇莫测的笔法，充分刻画了蜀道的艰难，展现出古老蜀道曲折、陡峭、高峻、艰险的面貌，如同打开了一幅奇丽惊险的山水画卷。同时，也从中透露出诗人内心对社会现实某些方面忧虑、关切的情绪。

改诗新纂

将进酒(原作者李白)

君看黄河天上来,
奔流到海不复回。
君看高堂悲白发,
朝如青丝暮成灰。
人生得意须尽欢,
莫空金樽对月亏。
天生我材必有用,
千金散尽还复归。
烹羊宰牛且为乐,
会须一饮三百杯。
岑夫子兮丹丘生,
将进酒兮莫停杯。
与君放歌歌一曲,
请君为我倾耳随。
但愿长醉不复醒,
钟鼓馔玉不足贵。
古来圣贤皆寂寞,
惟有饮者留名讳。

陈王昔时宴平乐，
斗酒十千恣欢会。
主人何为言少钱，
径须沽取对君醉。
五花马作逍遥游，
千金裘为御寒帔，
呼儿将出换美酒，
同尔愁销万古悲。

原作对照

君不见，黄河之水天上来，
奔流到海不复回。
君不见，高堂明镜悲白发，
朝如青丝暮成雪。
人生得意须尽欢，莫使金樽空对月。
天生我材必有用，千金散尽还复来。
烹羊宰牛且为乐，会须一饮三百杯。
岑夫子，丹丘生，将进酒，杯莫停。
与君歌一曲，请君为我倾耳听。
钟鼓馔玉不足贵，但愿长醉不复醒。
古来圣贤皆寂寞，惟有饮者留其名。

陈王昔时宴平乐，斗酒十千恣欢谑。
主人何为言少钱，径须沽取对君酌。
五花马，千金裘，呼儿将出换美酒，
与尔同销万古愁。

作品说明

《将进酒》原是汉乐府曲名，是用来劝酒的曲子，“将”是“请”的意思。李白被“赐金放还”八年之后，与好友岑勋在位于嵩山的另一位好友元丹邱的颍阳山居做客，三人登高宴饮，兴之所至时写下了这首诗。该诗以豪放的语言，抒写了诗人在政治理想破灭后郁积在心中的悲愤，以及由愤懑转化为愤激狂放的情绪，表现了诗人旷达不羁、乐观、自信的精神，同时反映了作者理想与现实的深刻矛盾。

菩萨蛮(原作者李白)

改诗新纂

平林漠漠烟如织，
寒山一带伤心碧。
暝色潜时入高楼，
有人楼上愁向壁。

临风玉阶空伫立，
逃雨宿鸟归飞急。
彼处何处是归程？
长亭短亭更不息。

原作对照

平林漠漠烟如织,寒山一带伤心碧。
暝色入高楼,有人楼上愁。

玉阶空伫立,宿鸟归飞急。

何处是归程？长亭更短亭。

作品说明

这是唐五代词中脍炙人口的一篇词作，与下一篇《忆秦娥·箫声咽》被誉为“百代词曲之祖”，是最早的文人词作，相传为李白所作，亦有认为是后来的无名词人的作品。词写旅人在傍晚登楼远眺，看到的是烟树寒山、急归的飞鸟，唯独望不到思念中的遥远家乡，欲急切归家之情隐喻其中。全诗借景寄情，以深秋暮色渲染了一种浓重的离愁。

忆秦娥(原作者李白)

改诗新纂

洞箫声咽寒春夜,
秦娥梦断秦楼月。
年年柳色映冷月,
此过灞陵伤离别。

乐游原上清秋节,
咸阳古道音尘绝。
西风残照沙尘里,
曾是汉家旧陵阙。

原作对照

箫声咽,秦娥梦断秦楼月。
秦楼月,年年柳色,灞陵伤别。

乐游原上清秋节,咸阳古道音尘绝。

音尘绝，西风残照，汉家陵阙。

作品说明

本词看似怀人，写一位女子对远行在外的情人从春到秋、年年岁岁的思念。但从尾句“西风残照，汉家陵阙”来看，词人实是托古伤今，借秦娥抒写自己的情怀，把个人的忧愁与历史的忧愁融为一体，抒发了词人的古今兴亡之感。

忆江南（二首，原作者白居易）

改诗新纂

一

江南风景旧曾谙，
教人能不忆江南！
日出江花红胜火，
春来江水绿如蓝。

二

江南最忆是杭州，
何日重游与君伴？
山寺月中寻桂子，
郡亭枕上看潮翻。

原作对照

一

江南好，风景旧曾谙。
日出江花红胜火，春来江水绿如蓝。
能不忆江南！

二

江南忆，最忆是杭州。
山寺月中寻桂子，郡亭枕上看潮头。
何日更重游！

作者简介

白居易(772 年—846 年)，字乐天，号香山居士，祖籍山西太原，河南新郑(今河南省新郑市)人。进士出身，曾任翰林学士、左拾遗等职，晚年官至河南尹、太子少傅、刑部尚书。他关心民间疾苦，诗歌题材广泛，形式多样，语言平易通俗，是我国文学史上杰出的现实主义诗人。白居易与李白、杜甫并称“唐代三大诗人”；和元稹并称“元白”；和刘禹锡并称“刘白”。有《白氏长庆集》等传世，代表诗作有《长恨歌》、《卖炭翁》、《琵琶行》等。

作品说明

白居易早年曾来到江南一带避乱,后又担任杭州、苏州刺史。江南的山水草木给他留下了美好的印象,他与当地人民也结下了深挚情谊。晚年北归后,他为依恋中的江南写下了三首《忆江南》。笔者选的是前两首:第一首总写江南之美,作者选取江南独特的景色,描绘了色彩明艳、生机盎然的江南之春,充分展示出江南春色的迷人之态;第二首通过当年在杭州的生活经历,撷取山寺寻桂和钱塘观潮这两个极具个性的场面,描绘出杭州的多彩多姿,进一步吟咏了他心目中的“江南好”。

长相思(原作者白居易)

改诗新纂

汴水泗水流不休，
流到瓜洲古渡头。
望穿秋水伊人眼，
霜白吴山点点愁。

悲思忧思恨悠悠，
恨到归时方始休。
吹尽春花侬心苦，
灯红月明人倚楼。

原作对照

汴水流，泗水流，流到瓜洲古渡头。
吴山点点愁。

思悠悠，恨悠悠，恨到归时方始休。

月明人倚楼。

作品说明

这是一首怀人词，写一位女子独倚高楼，思念远行未归的情人。词人运用通俗流畅的语言，借悠悠的流水和皎洁的月光，写出了思女因“思”生“恨”的复杂感情，烘托出了无限哀怨、忧伤的情怀。

落日怅望(原作者马戴)

改诗新纂

孤云归鸟,千里瞬间。
我何留滞?辞家未还。
夕阳去林,远烧秋山。
临水惧照,恐惊苍颜!

原作对照

孤云与归鸟,千里片时间。
念我何留滞,辞家久未还。
微阳下乔木,远烧入秋山。
临水不敢照,恐惊平昔颜!

作者简介

马戴(799年—869年),字虞臣,曲阳(今江苏省东海)人,晚唐著名诗人。武宗会昌四年(844年)进士及第,官至太学博士。精诗歌,善五律,尤其善于抒写羁旅之思和失意之慨，含蓄蕴婉，秀朗自然。有《会昌进士集》等。

作品说明

这是一首抒写久客思乡之情的诗。这首诗在艺术上最突出的特色，是一反先景后情的传统写法，一、三句写景，二、四句抒情，相间写来，诗情被分成两步递进：先是看到落日时云去鸟飞的景象触动乡愁旅恨；再由夕阳余晖之景，加重乡愁。两“望”两“怅”，进而触发内心深处年华老去的感伤。

梦江南(原作者温庭筠)

改诗新纂

山月不知心里事，
水风空落眼前花。
此愁摇曳碧云斜，
千万恨极在天涯。

原作对照

千万恨，恨极在天涯。
山月不知心里事，水风空落眼前花，
摇曳碧云斜。

作者简介

温庭筠(约812年—866年)，本名岐，字飞卿，太原祁县(今山西省祁县)人。唐代著名诗人、词人，是花间词派的重要作家之一。温庭筠为人狂傲，恃才不羁，屡试不中，终生不得志。他的诗辞藻华丽，内容多写闺阁秾情，与李商隐齐名，时称“温李”；他的词艺术成就超过晚唐诸词人，对词的发展影响较大，与韦庄齐名，并称“温韦”。现存词70余首，后人辑有《温飞卿集》、《金奁集》。

作品说明

这首词写一个妇女对远“在天涯”的丈夫盼归不得而生的“千万”“极”“恨”，刻画了一个满怀深情盼望丈夫归来的思妇形象，表现了她希望落空之后的痛苦心情，表达了词人对不幸妇女的同情。同时也寄寓着词人遭受统治阶级排挤，不受重用的悲凉心情，是感慨怀才不遇的作品。

菩萨蛮(原作者韦庄)

改诗新纂

人人尽说江南妍，
游居江南宜百年。
春水碧波青于天，
画船乌篷听雨眠。

玉人似月当垆边，
皓腕凝雪露袖前。
青春未老莫还乡，
还乡断肠泪涟涟。

原作对照

人人尽说江南好，游人只合江南老。
春水碧于天，画船听雨眠。

垆边人似月，皓腕凝霜雪。

未老莫还乡，还乡须断肠。

作者简介

韦庄(836 年—910 年)，字端己，京兆杜陵(今陕西省西安市)人，著名诗人韦应物的四代孙。晚唐五代著名词人，与温庭筠齐名，并称“温韦”。五代時期曾任前蜀宰相。韦庄少年丧父，家境贫寒但勤奋好学，才敏过人；长大后为人疏旷，不拘小节。他的词风格清淡、质朴，善于用清新流畅的白描笔调表达真挚深沉的感情。有《浣花词》传世。

作品说明

韦庄这首脍炙人口的词，是在避乱南方时写的。他用白描手法，传神写出了江南水乡的景物美、人物美，表现了对江南的依恋之情，清新明丽却又婉转含蓄。

牧　竖(原作者崔道融)

改诗新纂

牧竖绿蓑青箬笠,
逢人气傲笑怡然。
卧牛最惯闲吹笛,
扑蝶犹欢看弄田。

原作对照

牧竖持蓑笠,逢人气傲然。
卧牛吹短笛,耕却傍溪田。

作者简介

崔道融,生卒年不详,自号东瓯散人,荆州江陵(今湖北省荆州市)人。唐代诗人,人称江陵才子。崔道融的诗作流传不多,但风格多样,或清新或凝重,其中《牧竖》一诗流传较广。《全唐诗》录其诗近80首,皆为绝句。

作品说明

牧童穿着蓑衣，戴着斗笠，遇人故意做出很神气的样子。放牧时卧在牛背上悠闲地吹着短笛，牛耕田时就在溪边田头玩耍。诗作将牧童悠然自得、天真可爱的形象描述得十分到位。

南乡子(原作者李珣)

改诗新纂

游女彩舫过莲塘，
带花偎伴争窈窕。
棹歌惊起睡鸳鸯，
竞折团荷遮晚照。

原作对照

乘彩舫，过莲塘，棹歌惊起睡鸳鸯。
游女带花偎伴笑，争窈窕，
竞折团荷遮晚照。

作者简介

李珣，生卒年不详，字德润，祖籍波斯，生于前蜀梓州(今四川省三台县)，五代词人。曾事蜀主王衍，蜀亡后不仕。李珣少有诗名，兼通医理。其作《南乡子》17首，描绘南国水乡的风土人情，具有鲜明的地方色彩、强烈的生活气息和浓郁的民歌风味。

作品说明

这首词是其作《南乡子》中的一首，写南国水乡少女们的一个生活片断。春日，少女结伴游莲塘，见池中的鸳鸯而触景生情，女伴们相与戏谑。该词色彩绚丽，格调明快，写景状人形象生动，形神皆备，展现了一幅活泼俏丽的南国水乡风俗画。

浪淘沙(原作者李煜)

帘外细雨声潺潺，
春意阑珊不复眠。
惊起拨灯恍惚夜，
罗衾不耐五更寒。
梦里不知身是客，
一晌缠绵成贪欢。

寂寞独自莫凭栏，
无限江山冷月天。
四十年来家国地，
别时容易见时难。
流水落花春去也，
天上人间已百年！

原作对照

帘外雨潺潺，春意阑珊。
罗衾不耐五更寒。
梦里不知身是客，一晌贪欢。

独自莫凭栏，无限江山。
别时容易见时难。
流水落花春去也，天上人间！

作者简介

李煜(937 年—978 年)，原名从嘉，字重光，为五代时期南唐末代君主，史称李后主。李煜是一位亡国之君，在政治上毫无建树，但在书法、绘画、音律、诗文方面均有造诣，其中词的成就最高，是我国文学史上负有盛名的词人。李煜的词大致可分作两类：第一类为降宋之前所写，主要反映宫廷生活和男女情爱，题材较窄，成就不大；第二类为降宋后的作品，李煜深昧亡国之痛，故这一时期的词作大多哀婉凄凉，表达了对往事的无限眷恋，成就远远超过前期。他继承了花间派词人的传统，每每通过具体可感的个性形象，反映现实生活的某一意境和情感，将词的创作意义深入推进，扩大了词的表现领域。其词主要收集在《南唐二主词》中。

作品说明

此词是李煜降宋后被押解汴京后所作，他以梦醒后的凄凉与梦中的欢娱作对比，深刻地表现了亡国之痛和囚徒之悲，透露出一个亡国之君绵绵不尽的故国之思，情真意切、哀婉动人，生动地刻画了一个亡国之君的艺术形象。

虞美人(原作者李煜)

改诗新纂

春花秋月何时了,
故国往事知多少!
小楼昨夜又东风,
不堪回首明月照。

雕栏玉砌应犹在,
只是朱颜今已凋。
问君能有几多愁?
恰似一江春水遥。

原作对照

春花秋月何时了,往事知多少!
小楼昨夜又东风,故国不堪回首月明中。

雕栏玉砌应犹在,只是朱颜改。

问君能有几多愁？恰似一江春水向东流。

作品说明

此词作于李煜降宋后的第三年，相传这年的七夕之夜，李煜在寓中命歌伎唱此词，宋太宗知道这件事后，赐酒将他毒死，所以也可以说这是他的绝命词。词由问天起，春花秋月这些自然中的美景，对因亡国而成为阶下囚的李煜来说都是难以忍受的，支撑他苟且度日的只有对故国无穷无尽的思念，可是明月下的故国早已物是人非，永远成了回忆。故国之思、亡国之怨滚滚倾泻，凝成他最后的千古绝唱——“问君能有几多愁？恰似一江春水向东流”，表达了作者对故国的深切怀念。

破阵子(原作者李煜)

改诗新纂

四十年来家和国，
三千里地山与河；
凤阁龙楼连霄汉，
玉树琼枝作烟萝。
日歌夜舞忘忧乐，
半生几曾识干戈？

一旦归为臣虏下，
沈腰潘鬓真消磨。
最是仓皇辞庙日，
教坊犹奏别离歌，
声色犬马再不识，
赧面垂泪对宫娥。

原作对照

四十年来家国，三千里地山河；
凤阁龙楼连霄汉，玉树琼枝作烟萝。
几曾识干戈？

一旦归为臣虏，沈腰潘鬓消磨。
最是仓皇辞庙日，教坊犹奏别离歌。
垂泪对宫娥。

作品说明

这是李煜降宋之后，以阶下囚的身份对亡国往事所作的沉痛回想。上阕回顾亡国前的繁华逸乐：仗着四十年的基业、三千里地的疆域，举国上下全都沉浸在一片享乐安逸之中，不曾意识到即将到来的危机，以至于沦为亡国臣虏。下阕记叙离别故国时哭辞宗庙的情景及亡国被俘后愁苦不堪的心境。全词运用今昔对比的写法，悔恨之情溢于言表，的确是一个丧国之君内心的痛苦自白。

长相思(原作者林逋)

改诗新纂

吴山越山青,
两岸山送迎。
风中语送谁?
谁知离别情。

君泪妾泪盈,
同心结未成。
恨断难断江,
江头潮已平。

原作对照

吴山青,越山青,两岸青山相送迎。
谁知离别情?

君泪盈,妾泪盈,罗带同心结未成。

江头潮已平。

作者简介

林逋(967年—1028年),字君复,北宋钱塘(今浙江省杭州市)人,北宋著名隐逸诗人。生性孤高恬淡,不慕荣利。终生不仕不娶,唯喜植梅养鹤,人称“梅妻鹤子”。四十岁后隐居杭州西湖孤山,死后葬于孤山,仁宗赐谥号和靖先生,后人称林和靖。林逋善书画,精诗词,风格淡远、婉丽。他的诗多反映隐居生活及恬淡的心境,能以疏淡的笔墨,勾画出生动形象的画面。后人辑有《林和靖先生诗集》。

作品说明

这首词采用民歌中常见的复沓形式,运用回旋往复、一唱三叹的节奏和清新优美的语言,以一个女子的口吻,抒写了她因爱情生活受到破坏,被迫与心上人在江边诀别的悲怀。此词以景结情,情景交融,将送行妇女的离愁别恨融于对山水无情的怨怼之中,别具一格。

酒泉子(原作者潘阆)

改诗新纂

长忆钱塘观秋潮，
满城争睹江上色。
来疑沧海尽成空，
万面鼓声震雷慑。

弄潮儿向涛头立，
手把红旗搏浪恶。
别来几向梦中看，
梦觉心寒尚忐忑。

原作对照

长忆观潮，满郭人争江上望。
来疑沧海尽成空，万面鼓声中。

弄潮儿向涛头立，手把红旗旗不湿。

别来几向梦中看，梦觉尚心寒。

作者简介

潘阆(？—1009年)，字逍遥，北宋大名(今河北省大名县)人，北宋诗人、词人。一生未考科举，卖药为生。至道元年赐进士出身，授四门国子博士(太学教官)，后因政治上受迫害而逃亡，真宗时获释，任滁州参军。潘阆性格疏狂，诗风类似孟郊、贾岛，但倾向于自然真率，闲逸疏放。今存词《酒泉子》10首。

作品说明

这首词以豪迈的气势和劲健的笔触，上阕描绘了人们倾城而出观潮的盛况，重点写钱塘潮涌的奇伟壮观；下阕描写弄潮儿英勇无畏搏击风浪的情景。作者写作时已离杭州多年，但钱江潮震撼入梦，以至梦醒仍觉心惊胆寒。全词通过刻画钱江潮涌的宏大气势，赞美了弄潮健儿的大无畏精神。

渔家傲(原作者范仲淹)

改诗新纂

塞下秋来风景异，
衡阳雁去无留意。
长烟落日孤城闭，
四面边声连角起。

浊酒一杯家万里，
燕然未勒归无计。
将军白发征夫泪，
羌管悠悠霜满地。

原作对照

塞下秋来风景异，衡阳雁去无留意。
四面边声连角起。
千嶂里，长烟落日孤城闭。

浊酒一杯家万里，燕然未勒归无计。
羌管悠悠霜满地。
人不寐，将军白发征夫泪。

作者简介

范仲淹(989年—1052年)，字希文，祖籍邠州(今陕西省彬县)，苏州吴县(今江苏省苏州市)人。北宋杰出政治家、思想家、军事家、文学家、教育家，世称“范文正公”。范仲淹早年生活困苦，“划粥割齑”，从小刻苦攻读，大中祥符八年(1015年)进士，官至参知政事(副宰相)，去世后谥号文正。他领导并极力推进了庆历革新运动，对政治制度、军事、战略措施大力改革；也为朝廷推荐、选拔了一大批学者，为宋代学术鼎盛奠定了基础。他倡导的先忧后乐思想和仁人志士节操，成为中华文明史上宝贵的精神财富。他诗词散文兼工，所作文辞秀美，气度豁达。有《范文正公集》等传世。

作品说明

该词是范仲淹驻守西北边防时所作，当时他正统率军队抵御西夏的侵扰。词的上阕写景，从视觉、听觉两方面表现了边塞地区秋日的萧条寂寥；下阕写情，抒发了戍边将士们壮志未酬的感慨和思乡忧国的情怀，也寄予了作者希望剿平敌寇、保境安民、建功立业的雄心壮志。

浣 溪 沙(原作者晏殊)

改诗新纂

一曲新词酒一杯,
去年天气旧亭台,
杨柳随风舞清影,
夕阳西下几时回?

无可奈何花落去,
似曾相识燕归来。
守得青竹不憔悴,
小园香径独徘徊。

原作对照

一曲新词酒一杯,去年天气旧亭台,
夕阳西下几时回?

无可奈何花落去,似曾相识燕归来,

小园香径独徘徊。

作者简介

晏殊(991 年—1055 年),字同叔,抚州临川(今江西省抚州市)人,北宋前期婉约派词人。曾官拜宰相,病卒后谥号元献,仁宗亲篆其碑。晏殊个性刚毅直率,清廉简朴,唯贤是举,不避亲仇。诗文、书法皆工,词最为突出,有"宰相词人"之称。他的词吸收了南唐"花间派"典雅流丽的词风,语言清丽,声调和谐,以景传神,赋予自然物以生命,形成了自己独有的特色。晏殊与其第七子晏几道,在当时北宋词坛上,被称为"大晏"和"小晏"。主要作品有《珠玉词》等。

作品说明

这是晏殊词中最为脍炙人口的篇章。此词借伤春抒发作者对宇宙人生的思考。词的上阕交错今昔,以今思昔;下阕写眼前景物,思昔伤今。全词以生活中司空见惯的现象,启迪人们从更高层次思索宇宙人生问题,给人以启迪,极富哲理意味。语言婉转流利,通俗晓畅,清丽自然。

破阵子（原作者晏殊）

改诗新纂

燕子来时新社开，
梨花落后清明媚。
池上碧苔三四点，
叶底黄鹂声声脆。

巧笑东邻众女伴，
采桑逢迎姐妹队。
疑怪昨宵春梦好，
笑赢今朝斗草会。

原作对照

燕子来时新社,梨花落后清明。
池上碧苔三四点,叶底黄鹂一两声,
日长飞絮轻。

巧笑东邻女伴，采桑径里逢迎。
疑怪昨宵春梦好，原是今朝斗草赢，
笑从双脸生。

作品说明

这首词清新而活泼，写景清新，写人活泼。上阕写自然景物，描绘暮春景色清丽明媚；下阕写人物，刻画了一群采桑少女的活泼形象和喜悦心态，构成一幅生气盎然、美好和谐的春日画面，展示出农村少女的青春活力，充满着春事活动的欢乐气氛。

鹊踏枝(原作者晏殊)

改诗新纂

槛菊愁烟兰泣露，
燕子双飞别罗幕。
明月不谙离恨苦，
斜光到晓穿朱户。

昨夜西风凋碧树，
登楼望尽天涯路。
欲寄彩笺兼尺素，
山长水阔知何处?

原作对照

槛菊愁烟兰泣露。
罗幕轻寒,燕子双飞去。
明月不谙离恨苦，
斜光到晓穿朱户。

昨夜西风凋碧树。
独上高楼,望尽天涯路。
欲寄彩笺兼尺素,
山长水阔知何处?

作品说明

这是一首颇负盛名的怀人词。上阕运用移情于景的手法,点出深闺妇女的离恨;下阕通过登楼独望,生动地表现出登楼人望眼欲穿的神态,满含愁苦。全词委婉含蓄,深刻表达了离愁别恨的主题,是婉约派的一首领衔之作。

千秋岁(原作者张先)

数声杜鹃啼，
又报芳菲别。
惜春更留春，
残红折许些。
雨轻风色暴，
梅子青时节。
永丰柳吐絮，
尽日花飞雪。

莫把幺弦拨，
弦能说怨切。
天道终不老，
此情难断绝。
心似双丝网，
中有千千结。
夜过天未白，
东窗凝残月。

原作对照

数声鶗鴂，又报芳菲歇。
惜春更把残红折。
雨轻风色暴，梅子青时节。
永丰柳，无人尽日花飞雪。

莫把幺弦拨，怨极弦能说。
天不老，情难绝。
心似双丝网，中有千千结。
夜过也，东窗未白凝残月。

作者简介

张先(990年—1078年)，字子野，北宋吴兴(今浙江省湖州市)人。北宋著名词人，天圣八年进士，官至尚书都官郎中。曾与梅尧臣、欧阳修、苏轼等交游。词与柳永齐名，擅长小令，亦作慢词。其词含蓄工巧，情韵浓郁。题材大多为男欢女爱、相思离别，或反映闲适生活。一些清新深婉的小词写得很有情韵。著有《张子野词》等。

作品说明

此词写爱情横遭阻抑的幽怨和对爱情坚贞不移的信念。上阕写景，惜春的词人在花丛中寻摘残花，传神地刻画出词人伤春惜花之情，暗示对横遭破坏的美好爱情的珍惜。下阕抒情，直接抒发对摧残美好春光的“风雨”的怨恨，以及对爱情的坚贞。最后以夜将尽、人孤独的情景作结，让周遭氛围笼罩在漆黑的深渊中，很富抒情效果，体现了张先的词风。

清 平 乐(原作者晏几道)

改诗新纂

留人怨不听，
醉解兰舟行。
一棹春水路，
过处皆啼莺。

渡头杨柳青，
枝叶尽离情。
锦书休再寄，
云雨已无凭。

原作对照

留人不住，醉解兰舟去。
一棹碧涛春水路，过尽晓莺啼处。

渡头杨柳青青，枝枝叶叶离情。

此后锦书休寄，画楼云雨无凭。

作者简介

晏几道（约1030年—约1106年），字叔原，号小山，抚州临川（今江西省抚州市）人。北宋词人，晏殊第七子。曾任太常寺太祝，晚年家境贫寒。词风哀感缠绵、清壮婉丽，有《小山词》等。

作品说明

这首描写离情别怨的词，写了女子对情人的依依不舍之情。上阕用白描手法写春晨渡口分手时的种种情态：行者去意已决，送者依依不舍。下阕以女子决绝之语作结，以怨写爱，抒写女子因多情而生绝望，恰表明不忍割舍的矛盾情怀。此词惟妙惟肖地表现出一个女子痴中含怨的微妙心理，对女性怨爱交集的矛盾心理揣摩得极为细腻。

阮郎归(原作者欧阳修)

改诗新纂

南园春半踏青时，
东风和畅闻马嘶。
青梅如豆柳如眉，
日长映照蝶飞迟。

花露重压草烟低，
人家帘幕垂莲池。
秋千慵困解罗衣，
画梁双燕栖春思。

原作对照

南园春半踏青时，风和闻马嘶。
青梅如豆柳如眉，日长蝴蝶飞。

花露重，草烟低，人家帘幕垂。

秋千慵困解罗衣，画梁双燕栖。

作者简介

欧阳修（1007 年—1072 年），字永叔，号醉翁、六一居士，北宋庐陵（今江西省吉安市）人。北宋著名政治家、文学家、史学家。官至翰林学士、枢密副使、参知政事（副宰相），谥号文忠。他与韩愈、柳宗元、苏轼、苏洵、苏辙、王安石、曾巩被世人称为“唐宋八大家”。欧阳修是在宋代文学史上最早开创一代文风的文坛领袖，领导了北宋诗文革新运动，培养和提拔了王安石、苏轼等一些人才。在史学方面，和宋祁等一同编修《新唐书》，又自修《新五代史》，有很高成就。

作品说明

此词描写游春郊外：风和马嘶，豆梅丝柳，日长蝶飞，花露草烟，一片仲春繁景扑面而来。结句写少女戏罢秋千，慵困小憩，忽见堂前双燕归巢，亦似春游返家。此词到此戛然而止，留给读者丰富的想象余地。人物的心情，于恬淡的春光里得以慰藉。

蝶恋花（原作者欧阳修）

改诗新纂

庭院深深深几许？
杨柳堆烟帘无数。
玉勒雕鞍游冶处，
楼高不见章台路。

雨横风狂三月暮，
门掩黄昏留春住？
泪眼问花花不语，
乱红飞逐秋千舞。

原作对照

庭院深深深几许？
杨柳堆烟，帘幕无重数。
玉勒雕鞍游冶处，楼高不见章台路。
雨横风狂三月暮。

门掩黄昏,无计留春住。
泪眼问花花不语,乱红飞过秋千去。

作品说明

这是闺怨词中的名作。上阕写身处阴森、幽邃庭院中的少妇,遥望丈夫游娱之处而不见。下阕写暮春的横雨狂风,催送残春,也催送着少妇的青春。整首词形象生动,语言清浅,含蓄委婉地表现了闺中思妇复杂的内心感受。

雨霖铃（原作者柳永）

改诗新篡

寒蝉凄切长亭晚，
骤雨初歇雷隐寂。
都门帐饮好无绪，
兰舟催发留恋地。
执手相看泪眼盈，
无语凝噎竟唏嘘。
千里烟波念将去，
暮霭沉沉楚天低。

多情自古伤别离，
冷落那堪清秋季！
今宵酒醒知何处？
晓风残月杨柳堤。
此去经年叹奈何，
良辰好景设也虚。
千种风情万般意，
一一更与何人提！

原作对照

寒蝉凄切，对长亭晚，骤雨初歇。
都门帐饮无绪，留恋处，兰舟催发。
执手相看泪眼，竟无语凝噎。
念去去、千里烟波，暮霭沉沉楚天阔。

多情自古伤离别，
更那堪、冷落清秋节！
今宵酒醒何处？杨柳岸，晓风残月。
此去经年，应是良辰好景虚设。
便纵有千种风情，更与何人说！

作者简介

柳永（约987年—约1053年），原名三变，字耆卿，北宋崇安（今福建省武夷山市）人。他曾长年在汴京、苏州、杭州过着流浪生活，为人放荡不羁，潦倒一生。直至改名柳永，景祐元年（1034年）才中进士，做过屯田员外郎等小官。他精通音律格调，广泛汲取民间词的营养，词作多取城市风光、流浪生活、男女情爱等题材，是北宋首位专事写词的著名词人。其词在当时影响甚广，口碑流传：“凡有井水饮处，皆能歌柳词。”有《乐章集》等。

作品说明

《雨霖铃》这首词，写作者在秋天的傍晚离开汴京，与情人话别的情景。全词围绕“伤离别”构思，先写离别之前，勾勒凄凉冷漠的环境；次写离别时刻，描写恋恋难舍之情态；再写别后想象，刻画孤独思念的心理。全词情景交融，虚实相生，把他与恋人惜别时的真情实感表达得缠绵悱恻，凄婉动人。

望 海 潮（原作者柳永）

改 诗 新 纂

东南形胜地，
三吴一统辖，
广众古都会，
钱塘自繁华。
烟柳画桥畔，
风帘翠幕下，
参差高低屋，
十万连人家。
云树绕堤沙，
秋月惊潮发，
怒涛卷霜雪，
天堑尽无涯。
市列珠玑物，
户盈罗绮纱，
四时竞豪奢，
漫夸无冬夏。

重湖叠嶂清，

长堤襟带佳，
三秋寻桂子，
十里看荷花。
羌管弄晴喧，
菱歌泛夜哗，
哈哈垂钓叟，
嘻嘻是莲娃。
千骑拥高牙，
一路巡繁花，
乘醉听箫鼓，
吟诗赏烟霞。
异日画好景，
归去风池挂。

原作对照

东南形胜，三吴都会，钱塘自古繁华。
烟柳画桥，风帘翠幕，参差十万人家。
云树绕堤沙，怒涛卷霜雪，天堑无涯。
市列珠玑，户盈罗绮，竞豪奢。

重湖叠巘清佳，有三秋桂子，十里荷花。

羌管弄晴，菱歌泛夜，嬉嬉钓叟莲娃。
千骑拥高牙，乘醉听箫鼓，吟赏烟霞。
异日图将好景，归去凤池夸。

作品说明

《望海潮》是柳永自创的新曲词牌，始见于其《乐章集》。这首词的上阕，写杭州历史的悠久和都市的繁华，并渲染了钱塘江的壮阔、市场的繁荣、市民的富庶；下阕重点描写西湖，写杭州人民和平宁静的生活景象，生动地描绘了一幅国泰民安的游乐图卷。这是柳永的一首传世佳作。

桂枝香·金陵怀古(原作者王安石)

改诗新纂

登临送目神往处，
故国晚秋天初肃。
千里澄江串似练，
翠峰排闼来如簇。
征帆去棹残阳里，
酒旗西风只斜矗。
彩舟云淡卷舒时，
星河鹭起难画图。

往昔繁华竞相逐，
门外楼头悲恨哭。
千古凭高彼时风，
对此漫嗟叹荣辱。
六朝旧事随流水，
寒烟衰草凝绿枯。
至今商女未知恨，
时时犹唱《后庭》谱。

原作对照

登临送目，正故国晚秋，天气初肃。
千里澄江似练，翠峰如簇。
征帆去棹残阳里，背西风、酒旗斜矗。
彩舟云淡，星河鹭起，画图难足。

念往昔、豪华竞逐，
叹门外楼头，悲恨相续。
千古凭高，对此漫嗟荣辱。
六朝旧事随流水，但寒烟、衰草凝绿。
至今商女，时时犹唱，《后庭》遗曲。

作者简介

王安石（1021年—1086年），字介甫，晚号半山，北宋江西临川（今江西省抚州市）人。我国历史上杰出的思想家、改革家、文学家。1070年官至中书门下平章事（宰相），在政治、经济、军事、社会等领域大规模推行改革变法十六年，实行富国强兵政策，影响之广大前所未有，后遭到保守派强烈阻扰而失败。他在文学上成就甚高，文章以论说见长，诗歌擅于说理，多用典故，风格遒劲有力，多警辟精绝，是唐宋八大家之一。有《临川先生文集》等传世。

作品说明

这首词上阕描写登高所见金陵晚秋的雄伟壮丽之景；下阕怀古，慨叹六朝统治者因“繁华竞逐”而至“悲恨相续”，对当权者以警示。全词叹古讽今，语言苍劲，意境开阔，艺术风格上有着极大的独创性，是怀古词的绝唱。

卜算子·送鲍浩然之浙东(原作者王观)

改诗新纂

水是眼波横,
山是眉峰聚。
欲问人何去?
盈盈眉眼区。

才始送春归,
又送君归去。
赶上江南春,
千万与春居。

原作对照

水是眼波横,山是眉峰聚。
欲问行人去哪边?眉眼盈盈处。

才始送春归,又送君归去。

若到江南赶上春，千万和春住。

作者简介

王观(1035 年—1100 年)，字通叟，北宋如皋(今江苏省如皋市)人，北宋词人。宋仁宗嘉祐二年(1057 年)进士，历任大理寺丞、江都知县、翰林学士等。后因一首《清平乐》获罪而被贬。王观的词具有鲜明的创作个性，“新丽处和轻狂处皆足惊人”(王灼《碧鸡漫志》语)，用语风趣而近于俚俗，常有奇思妙想。

作品说明

这是一首送别词。上阕以眼波喻水，以眉峰指山，设喻巧妙，既指朋友所去的美丽可爱的浙东山水，也指朋友家中“眉眼盈盈”含情脉脉的美丽女子，写得妙趣横生。下阕抒写词人的伤春惜别之情，及对友人鲍浩然的祝愿：希望他生活在“春”里。这个“春”既指鲜花如锦的春季，也喻指他与家人温馨如春地生活在一起。全词构思新巧，词语明丽，很有表现力。

念奴娇·赤壁怀古(原作者苏轼)

改诗新纂

大江东去浪淘沙，
千古风流人已去。
古垒西边多传说，
三国周郎战赤壁。
乱石穿空鸟迹绝，
惊涛拍岸鱼不憩，
浪来卷起千堆雪，
日出江山如画一。
壮歌猛士共击节，
多少豪杰一时起！

遥想小乔初嫁日，
雄姿英发公瑾谐。
羽扇纶巾正谈笑，
灰飞烟灭樯橹劫。
故国神游我多情，
早生华发犹不懈。
人生如梦惊醒处，

一樽还酹江心月。

原作对照

大江东去，浪淘尽、千古风流人物。
故垒西边，人道是、三国周郎赤壁。
乱石穿空，惊涛拍岸，卷起千堆雪。
江山如画，一时多少豪杰！

遥想公瑾当年，小乔初嫁了，雄姿英发。
羽扇纶巾，谈笑间、樯橹灰飞烟灭。
故国神游，多情应笑我，早生华发。
人生如梦，一樽还酹江月。

作者简介

苏轼（1037 年—1101 年），字子瞻，号东坡，北宋眉州眉山（今四川省眉山市）人。他和父亲苏洵、胞弟苏辙合称为唐宋八大家中的“三苏”。其诗、词、赋、散文成就都极高，且善书法和绘画，是我国文学艺术史上罕见的全才和杰出大家。他的散文与欧阳修并称“欧苏”；诗与黄庭坚并称“苏黄”，与陆游并称“苏陆”；词与辛弃疾并称“苏辛”；书法位列“宋四家”；其画则开创了湖州画派。苏轼的词现存 340

多首，在词史上占有显著突出地位，他开创了与婉约派并立的豪放派，冲破了诗庄词媚的界限，对词的革新和发展具有重大贡献。代表作有《水调歌头·中秋》、《赤壁赋》、《念奴娇·赤壁怀古》等。

作品说明

《念奴娇·赤壁怀古》作于神宗元丰五年(1082 年)，苏轼因“乌台诗案”而被贬黄州之时。苏轼当时遭人陷害，但他心胸豁达，精神并不消沉，在游历长江时写下了这篇千古名作。上阕写景，描绘万里长江壮美、雄浑的景象；下阕怀古抒怀，追忆三国时期英雄豪杰，以此反衬自己未能建功立业的思想感情。该词雄健道劲，词风豪放大气，为古词中难得的杰作。

江城子·乙卯正月三十日夜记梦（原作者苏轼）

改诗新纂

十年生死两茫茫，
虽不思量自难忘。
千里孤坟风吹草，
人生无处话凄凉。
纵使相逢应不识，
蒙尘满面鬓如霜。

夜来幽梦忽还乡，
小轩窗下正梳妆。
相顾无言相望眼，
回眸惟有泪千行。
料得年年肠断处，
明月夜上短松岗。

原作对照

十年生死两茫茫。不思量，自难忘。
千里孤坟，无处话凄凉。
纵使相逢应不识，尘满面，鬓如霜。

夜来幽梦忽还乡。小轩窗，正梳妆。
相顾无言，惟有泪千行。
料得年年肠断处：明月夜，短松岗。

作品说明

这是苏轼为原配妻子王弗而写的一首悼亡词，表达了对已亡十年的妻子的绵长哀思。上阕写词人对亡妻深沉的思念，是写实；下阕出语如话家常，写梦境中犹对亡妻执着不舍的无尽牵挂。全词纯用白描手法，却字字声声情真意切，凄凉哀婉，读之令人泪下。

江城子·密州出猎(原作者苏轼)

老夫聊发少年狂，
左牵黄犬右擎苍。
锦帽貂裘一阵列，
直下千骑卷平岗。
为报倾城随太守，
亲欲射虎作孙郎。

酒酣胸胆尚开张，
两鬓微霜又何妨！
持节云中倚魏尚，
天朝何日遣冯唐？
会挽雕弓如满月，
西北望直射天狼。

原作对照

老夫聊发少年狂，左牵黄，右擎苍。
锦帽貂裘，千骑卷平岗。
为报倾城随太守，亲射虎，看孙郎。

酒酣胸胆尚开张，鬓微霜，又何妨！
持节云中，何日遣冯唐？
会挽雕弓如满月，西北望，射天狼。

作品说明

这首词作于神宗熙宁八年（1075年），作者时任密州（今山东省诸城市）知州。这是宋人较早抒发爱国情怀的一首豪放词，在题材和意境方面都具有开拓意义。词的上阕写太守出猎的壮阔场面：百姓倾城而出，太守豪兴勃发，表现出作者壮志踌躇的英雄气概；下阙借汉代魏尚的典故，表达了自己渴望杀敌报国，建功立业的雄心壮志，并委婉地表达了期盼得到朝廷重用的愿望。

水调歌头(原作者苏轼)

丙辰中秋,欢饮达旦,大醉,作此篇,兼怀子由。

改 诗 新 纂

明月几时有,
把酒问青天。
不知天宫阙,
今夕是何年。
我欲乘风去,
直上九重天,
又恐琼宇远,
高处不胜寒。
起舞弄清影,
何似在人间!

朱阁绮户明,
月色照无眠。
何事月有恨,
长向别时圆?
阴晴月圆缺,
离合人悲欢,

彼时常亦矣，
此事古难全。
但愿人长久，
千里共婵娟。

原作对照

明月几时有？把酒问青天。
不知天上宫阙，今夕是何年。
我欲乘风归去，又恐琼楼玉宇，高处不胜寒。
起舞弄清影，何似在人间！

转朱阁，低绮户，照无眠。
不应有恨，何事长向别时圆？
人有悲欢离合，月有阴晴圆缺，此事古难全。
但愿人长久，千里共婵娟。

作品说明

这首词是宋神宗熙宁九年（1076 年）作者知密州时所作。苏轼与当权的变法者王安石等人政见不同，自求外放，辗转各地为官，与胞弟苏辙（子由）已七年未见。这年中秋节，词人乘酒兴酣，秉笔直书了这首名篇，表达对胞弟苏辙的无限怀念，展现出词人胸怀开朗、阅世达观的人生境界。

该词上阕写中秋赏月，因月而引发出对天上仙境的奇想；下阕写望月怀人，即兼怀子由，同时感念人生的离合无常。全词设景清丽雄阔，一如月光下广袤的清寒世界，词人驰骋于天上、人间的开阔空间，将背景与词人超越一己之喜乐哀愁的豁达胸襟、乐观情调相结合，典型地体现出苏词清雄旷达的风格。该词是历来被公认的中秋词中的绝唱。

定风波(原作者苏轼)

三月七日沙湖道中遇雨。雨具先去,同行皆狼狈,余独不觉。已而遂晴。故作此。

改诗新纂

莫听穿林打叶声,
何妨吟啸且徐行。
竹杖芒鞋轻胜马,
一蓑烟雨任平生。

料峭春风吹酒醒,
山头斜照却相迎。
回首向来萧瑟处,
也无风雨也无晴。

原作对照

莫听穿林打叶声,何妨吟啸且徐行。
竹杖芒鞋轻胜马。谁怕?

一蓑烟雨任平生。

料峭春风吹酒醒，微冷，
山头斜照却相迎。
回首向来萧瑟处，归去，
也无风雨也无晴。

作品说明

这首词作于1082年作者被贬黄州期间。上阕写雨中的洒脱，下阕写雨后的豁达，借途中遇雨的生活小事，抒写作者苦乐随缘、开朗达观的人生态度和坦荡胸怀。这首词绘眼前景，叙心中事，以委婉的笔触抒写内心的感受，以小见大，富含哲理。

浣溪沙(原作者苏轼)

改诗新纂

一径深进翠山崖，
簌簌衣巾落枣花。
村南村北响缫车，
牛衣古柳卖黄瓜。

酒困路长惟欲睡，
日高人渴漫思茶，
敲门试问野人家，
汲井可借瓢饮咱?

原作对照

簌簌衣巾落枣花，村南村北响缫车。
牛衣古柳卖黄瓜。

酒困路长惟欲睡，日高人渴漫思茶，

敲门试问野人家。

作品说明

这首词是1078年苏轼任徐州太守时所作。上阕写的是农村生产劳动的繁忙景象,下阕写作者骄阳下口干舌燥,以谦和的态度向村野百姓求茶。既表露出词人平易朴实、热爱乡村的情怀,也暗示了乡间民风的淳朴。全词有景有人,有声有色,具有浓郁的乡土气息。

浣溪沙(原作者苏轼)

游蕲水清泉寺,寺临兰溪,溪水西流。

改诗新纂

山下兰芽短浸溪,
松间沙路净无泥。
缕缕朝雾燕呢喃,
萧萧暮雨子规啼。

谁道人生无再少?
门前流水尚能西!
休将白发唱黄鸡,
一样豪情唤晨曦。

原作对照

山下兰芽短浸溪,松间沙路净无泥。
萧萧暮雨子规啼。

谁道人生无再少？门前流水尚能西！
休将白发唱黄鸡。

作品说明

这首词写于作者因“乌台诗案”被贬黄州期间，是一首触景生慨、蕴含人生哲理的小词。该词上阕写暮春游清泉寺所见的清静幽雅的景致，下阕就眼前“溪水西流”之景生发感慨和议论。作者面对眼前西流的兰溪水，发出了对人生的质问——溪水尚可西流，谁说人生就不可以重新拥有青春年华呢？表达出词人虽身处困境仍乐观豁达、自强不息的精神境界。

蝶恋花(原作者苏轼)

改诗新纂

花褪残红青杏小,
燕飞绿水人家绕。
枝上柳絮吹又少,
天涯何处无芳草!

墙里秋千墙外道,
外闻墙里佳人笑。
笑渐不闻声渐悄,
多情却被无情恼。

原作对照

花褪残红青杏小。
燕子飞时,绿水人家绕。
枝上柳绵吹又少,天涯何处无芳草!

墙里秋千墙外道，
墙外行人，墙里佳人笑。
笑渐不闻声渐悄，多情却被无情恼。

作品说明

这是一首写春景而感怀的词。上阕写暮春之景，花谢草长，青杏初结，蕴含青春短暂、繁华易逝之意；下阕写心伤不被理解之情，借“多情却被无情恼”的意象，寄寓对朝廷一片痴心却被贬官远谪的惆怅，表达出作者对韶光流逝的惋惜、人生无常的悲叹。

清平乐(原作者黄庭坚)

改诗新纂

春欲归何处？
寂寞无行路。
若知春去处，
唤来归同住。

谁知春踪迹，
惟听黄鹂诉。
百啭无人解，
趁风过花木。

原作对照

春归何处？寂寞无行路。
若有人知春去处，唤取归来同住。

春无踪迹谁知，除非问取黄鹂。

百啭无人能解，因风飞过蔷薇。

作者简介

黄庭坚(1045 年—1105 年)，字鲁直，号山谷道人，晚号涪翁，北宋洪州分宁(今江西省九江市修水县)人。北宋著名诗人、书法家、词人。治平四年(1067 年)进士，历任国子监教授、著作佐郎等职。他与张耒、晁补之、秦观并称“苏门四学士”。诗与苏轼并称“苏黄”，其诗风奇崛瘦硬，为“江西诗派”之祖。词与秦观齐名，词风较接近苏轼。书法精妙，与苏轼、米芾、蔡襄并称“宋代四大家”。有《山谷集》等传世。

作品说明

此词为表现惜春、恋春情怀的佳作。词句几近口语，寄寓了词人深重的感情。全词构思精妙：词人不知春归何处，向人请教；无人能知时，又向鸟儿请教；问人人无语，问鸟鸟百啭，最后鸟儿连“话”都不“说”，翻身飞走。在这番妙趣横生的抒写中，词人惜春爱春之情跃然纸上，呼之欲出。

鹊 桥 仙（原作者秦观）

改诗新纂

纤云弄巧星传恨，
银汉迢迢暗飞渡。
金风玉露一相逢，
胜却人间便无数。

柔情似水佳期梦，
忍顾鹊桥如归路！
两情若是久长时，
岂在朝朝又暮暮！

原作对照

纤云弄巧，飞星传恨，银汉迢迢暗渡。
金风玉露一相逢，便胜却人间无数。

柔情似水，佳期如梦，忍顾鹊桥归路！

两情若是久长时，又岂在朝朝暮暮！

作者简介

秦观(1049年—1100年)，字少游，号淮海居士，北宋扬州高邮(今江苏省高邮市)人。北宋著名词人、文学家，“苏门四学士”之一。曾中进士，任过国史编修官等职。其文长于议论，其诗长于抒情，其词多描写男女情爱和仕途失意的哀怨，秀丽含蓄，音律谐美，词作风格比较纤弱，是北宋后期著名的婉约派词人。有《淮海集》等传世。

作品说明

《鹊桥仙》是为吟咏牛郎织女爱情故事而创作的乐曲。上阕写牛郎织女佳期相会的盛况，下阕写两人依依惜别的深情。“两情若是久长时”两句歌颂了牛郎织女天长地久的忠贞爱情，成为千百年来表现崇高爱情的誓言。

踏莎行·郴州旅舍(原作者秦观)

改诗新纂

雾失楼台月迷渡，
桃源望断无寻处。
可堪孤馆闭春寒，
杜鹃声里斜阳暮。

驿寄梅花鱼尺素，
砌成此恨无重数。
郴江幸自绕郴山，
为谁流下潇湘入？

原作对照

雾失楼台,月迷津渡,桃源望断无寻处。
可堪孤馆闭春寒,杜鹃声里斜阳暮。

驿寄梅花,鱼传尺素,砌成此恨无重数。

郴江幸自绕郴山，为谁流下潇湘去？

作品说明

此词是绍圣四年(1097 年)作者被贬郴州时寓居客店时所写。词中抒写作者流徙僻远之地的凄苦失望及思乡之情。上阕写词人寓居客舍的孤独凄苦，营造了一个意想中的夜雾笼罩一切的凄迷世界，表现屡遭贬谪的失意凄苦和对前途的渺茫之感。下阕以两则友人书信的典故，极写作者思乡怀旧之情；结句借郴江之水，以富于对照哀怨意味的象征性，抒发了作者对自己离乡远谪所感到的怨屈。

卜算子(原作者李之仪)

改诗新纂

我住长江头，
君住长江尾。
思君不见君，
共饮长江水。

此水几时休，
此恨何时衰?
君心似我心，
相思定不摧!

原作对照

我住长江头，君住长江尾。
日日思君不见君，共饮长江水。

此水几时休，此恨何时已?

只愿君心似我心，定不负相思意！

作者简介

李之仪（1035年—1117年），字端叔，自号姑溪居士，沧州无棣（今山东省庆云县）人，北宋词人。进士出身，做过枢密院编修官（编写史书的官员）。他与苏轼的文缘友情甚笃，擅长作词，所作"多次韵，小令更长于淡语、景语、情语"（毛晋《姑溪词跋》语）。他很注意词的特点，主张词应该"语尽而意不尽，意尽而情不尽"（《跋吴思道小词》语）。今存《姑溪居士文集》、《姑溪词》。

作品说明

该词写由于地理距离遥远，女主人公与情人聚少离多的憾恨之情，借江水长流不休喻离恨之永无绝期，表达女主人对两情天长地久的企盼，也委婉地透露出唯恐对方负心的隐忧。立意遣词颇得民歌韵味，托女子口声，即景生情，即事喻理，语极平常，感情却深沉真挚。

捣练子(原作者贺铸)

改诗新纂

砧石面莹杵声齐，
捣就征衣泪墨题。
寄到玉关应万里，
戍人犹在玉关西。

原作对照

砧面莹，杵声齐，
捣就征衣泪墨题。
寄到玉关应万里，戍人犹在玉关西。

作者简介

贺铸(1052年—1125年)，字方回，号庆湖遗老，祖籍山阴(今浙江省绍兴市)，生长于卫州(今河南省汲县)，北宋词人。孝惠皇后族孙，授右班殿直，晚年居苏州杜门校书。能诗善文，其词兼有豪放、婉约之风。部分作品意境高远，语言浓丽哀婉;而爱国忧时之作,悲壮激昂。今存词 280 余首。

作品说明

这首词写妻子为远征的丈夫捣衣、寄衣的情况,表现妻子对远征丈夫的关怀、惦念。该词借怨女口声,反映封建制度下的社会问题及其造成的人生悲剧,表现了作者的忧民思想。

苏幕遮(原作者周邦彦)

改诗新纂

初燎沉香消溽暑，
鸟雀呼晴窥檐语。
叶上初阳干宿雨，
水面清圆风荷举。

故乡遥迢何日去?
吴门离家长安旅。
五月渔郎梦相忆?
芙蓉浦里轻舟移。

原作对照

燎沉香,消溽暑。
鸟雀呼晴,侵晓窥檐语。
叶上初阳干宿雨，
水面清圆,一一风荷举。

故乡遥，何日去？
家住吴门，久作长安旅。
五月渔郎相忆否？
小楫轻舟，梦入芙蓉浦。

作者简介

周邦彦(1056年—1121年)，字美成，号清真居士，钱塘(今浙江省杭州市)人，北宋婉约词的集大成者。周邦彦精通音律，曾任宋徽宗时期大晟府的提举(国家音乐机关主管官)，他创作了不少新词调，在宋代影响甚大，有“词家之冠”的称誉。著有《片玉集》。

作品说明

这是一首思乡词，写盛夏雨后清晨所闻、所感、所见之景，和对故乡的怀念。从眼前的荷花想到遥远的故乡，引出深沉的乡愁。该词虽写的是作者久居汴京对故乡的思念之情，却以描绘荷花的风神而著称于世。

蝶恋花·早行(原作者周邦彦)

改诗新纂

月皎惊乌栖不定，
五更辘轳牵金井。
唤起两眸清炯炯，
泪花落枕红绵冷。

执手霜风吹鬓影，
去意别语愁难听。
楼上阑干横斗柄，
露寒人远鸡相应。

原作对照

月皎惊乌栖不定，
更漏将阑，辘轳牵金井。
唤起两眸清炯炯，泪花落枕红绵冷。

执手霜风吹鬓影，
去意徊徨，别语愁难听。
楼上阑干横斗柄，露寒人远鸡相应。

作品说明

本词写一对情侣清晨依依惜别的深情。词写离别之前，送行者泪花落枕，彻夜难眠，临别时千般叮咛、万般依恋及别后的孤独清冷。全词通过时间推移、景物的变化和生动的细节描写来渲染离情，读来颇有身临其境之感。

满江红（原作者岳飞）

改诗新纂

怒发冲冠气自凛，
潇潇雨歇凭栏瞥。
仰天长啸抬望眼，
壮怀激烈心已决。
三十功名尘与土，
八千里路云和月。
莫等白了少年头，
青春一生空悲切。

靖康啮耻犹未雪，
臣子衔恨何时灭！
风驾长车扫顽敌，
贺兰山缺踏破绝。
壮志饥餐胡虏肉，
笑谈渴饮匈奴血。
从头收拾旧山河，
待我奏凯朝天阙。

原作对照

怒发冲冠，凭栏处、潇潇雨歇。
抬望眼，仰天长啸，壮怀激烈。
三十功名尘与土，八千里路云和月。
莫等闲、白了少年头，空悲切。

靖康耻，犹未雪；
臣子恨，何时灭！
驾长车、踏破贺兰山缺。
壮志饥餐胡虏肉，笑谈渴饮匈奴血。
待从头、收拾旧山河，朝天阙。

作者简介

岳飞（1103 年—1142 年），字鹏举，南宋相州汤阴（今河南省安阳市汤阴县）人。南宋著名军事家，抗金杰出将领，我国历史上著名的爱国英雄。宋室南渡以后，岳飞坚决主张抗金，曾率领岳家军多次大败金军，所向披靡，屡立战功。后遭秦桧、张俊等人诬陷，被朝廷以“莫须有”的“谋反”罪名杀害。宋孝宗继位后平反昭雪，追谥武穆，后改谥忠武。

作品说明

岳飞的这首《满江红》是在出师北伐、壮志未酬的悲愤心情下创作的。词写作者不愿虚度年华、为国建立功业的急切心情,表现了岳飞杀敌报国、誓清中原的凌云壮志和必胜的信心。全词英勇豪迈,气壮山河,激励人心,是千古以来脍炙人口的爱国主义名篇。真实充分地反映了岳飞一腔热血精忠报国的英雄气概,和大义凛然、视死如归的爱国主义精神。

小 重 山（原作者岳飞）

改诗新纂

昨夜寒蛩不住鸣，
惊梦千里已三更。
起来独自绕阶行，
风眠帘外月胧明。

于今白首为功名，
长望家山阻归程。
欲将心事付瑶琴，
弦断有谁知音听？

原作对照

昨夜寒蛩不住鸣，惊回千里梦，已三更。
起来独自绕阶行，人悄悄，帘外月胧明。

白首为功名，旧山松竹老，阻归程。

欲将心事付瑶琴，
知音少，弦断有谁听？

作品说明

《小重山》是一首用含蓄手法表达作者在抗金斗争中遣怀的词。上阕写千里梦回后的失望和徘徊，寓情于景，反映了理想和现实的矛盾，寄寓壮志未酬的忧愤；下阕抒写收复失地受阻、心事无人理解的孤独苦闷。全词表现了作者对屈辱求和、阻挠抗金斗争的“和议”派的不满和谴责，体现了强烈的爱国情感。

临江仙·夜登小阁忆洛中旧游(原作者陈与义)

改诗新纂

忆昔午桥桥上饮，
座中多是豪杰英。
长沟流月去无声，
杏花疏影夜笛鸣。

二十余年如一梦，
此身虽在心堪惊！
闲登小阁看新晴，
渔唱古今起三更。

原作对照

忆昔午桥桥上饮，座中多是豪英。
长沟流月去无声。
杏花疏影里，吹笛到天明。

二十余年如一梦，此身虽在堪惊！
闲登小阁看新晴。
古今多少事，渔唱起三更。

作者简介

陈与义（1090年—1138年），字去非，号简斋，洛阳（今河南省洛阳市）人。宋高宗绍兴七年（1137年）任参知政事（副宰相），也是当时著名的诗人。他的诗歌创作，前期作品多表现个人生活情趣，诗风明快清新；后期作品将个人遭遇和国家命运相融合，诗风沉郁悲壮，存世颇多忧国忧民的爱国主义诗篇。有《陈与义集》等。

作品说明

这首词是作者在宋室南渡之后所作，抒发了对北方故国家园失地的眷念。作者追忆二十多年前在洛阳的一次欢聚，故乡故人历历在目，接着转回现实，抒发对国事沧桑、知交零落的慨叹，既融入了对个人身世的感伤，也有对国土沦丧的愤慨。

声声慢（原作者李清照）

寻寻觅觅冷清清，
凄凄惨惨悲戚戚。
乍暖还寒忍时候，
欲语却休难将息。
三杯两盏淡水酒，
怎敌晚来骤风急！
雁过也逢正伤心，
却是旧时相识意。

满地黄花堆与积，
憔悴堪谁今摘取？
守着窗儿看天黑，
独自怎生捱得起！
梧桐更兼细雨落，
听到黄昏点点滴。
滴滴次第往心聚，
一个愁字怎消去！

原作对照

寻寻觅觅，冷冷清清，凄凄惨惨戚戚。
乍暖还寒时候，最难将息。
三杯两盏淡酒，怎敌他、晚来风急！
雁过也，正伤心，却是旧时相识。

满地黄花堆积，憔悴损，如今有谁堪摘？
守着窗儿，独自怎生得黑！
梧桐更兼细雨，到黄昏、点点滴滴。
这次第，怎一个愁字了得！

作者简介

李清照(1084 年—1155 年)，号易安居士，济南章丘(今山东省章丘市)人。她是南北宋之交时期的女词人，也是我国文学史上杰出的女词人。诗文兼工，尤善词。前期词多写她出嫁前后的悠闲生活，内容较窄但韵调优美；后期词多悲叹身世，抒发国破家亡的凄惨心境和痛苦感情，流露对中原故土的怀念，情调感伤。形式上善用白描，语言清丽；论词强调协律，崇尚典雅，反对以作诗文之法作词。有《漱玉词》传世。

作品说明

这是李清照后期一首震动词坛的名作。上阕开笔连用七组叠字来渲染深秋凄凉冷落的环境氛围，烘托词人孤独寂寞的情绪和动荡不安的心境；下阕借眼前凄清萧索的景物来倾诉孀居之苦与亡国之恨。全词通过对深秋季节凄清之景的描绘，抒发国破家亡、天涯沦落的悲苦。

如梦令(原作者李清照)

改诗新纂

昨夜雨疏风偏骤，
浓睡不消醒残酒。
梦遇花神过蓝桥，
手持宝瓶洒杨柳。

蓦觉试问卷帘人，
却道“海棠仍依旧”。
“知否知否风雨后，
绿肥红瘦香魂休。”

原作对照

昨夜雨疏风骤，浓睡不消残酒。
试问卷帘人，却道“海棠依旧”。
“知否，知否？应是绿肥红瘦。”

作品说明

这是李清照早期的作品，词写庭园中的海棠花经历了一夜急风疏雨的吹打，已是花事凋零、绿叶满枝了。“绿肥红瘦”一句，形象地反映出词人对花朵凋零的惋惜和对春天逝去的无奈，入木三分地刻画了少女的伤春情怀。

一 剪 梅(原作者李清照)

改诗新纂

红藕香残玉簟秋，
轻解罗裳上兰舟。
云中谁寄锦书来?
雁字回时月满楼。

花自飘零水自流，
一种相思两处愁。
此情无计可消除，
才下眉头上心头。

原作对照

红藕香残玉簟秋。
轻解罗裳，独上兰舟。
云中谁寄锦书来？雁字回时，月满西楼。

花自飘零水自流。
一种相思，两处闲愁。
此情无计可消除，才下眉头，却上心头。

作品说明

李清照婚后不久，丈夫赵明诚外出，她作词诉说自己独居生活的孤单寂寞，期待丈夫、急切盼归的心情跃然纸上。上阕写作者从昼到夜一天内的所见所为，时时处处充满了对丈夫的思念；下阕直接抒发对丈夫的至深挚爱之情，真切形象地表现了作者的相思之苦，缠绵感人。

醉花阴·九日（原作者李清照）

改诗新纂

薄雾浓云愁永昼，
一点瑞脑销金兽。
佳节今又是重阳，
玉枕纱橱夜凉透。

东篱把酒黄昏后，
暗香飘忽满盈袖。
帘卷西风更消魂，
人儿堪比黄花瘦！

原作对照

薄雾浓云愁永昼，瑞脑销金兽。
佳节又重阳，玉枕纱橱，半夜凉初透。

东篱把酒黄昏后，有暗香盈袖。

莫道不消魂，帘卷西风，人比黄花瘦！

作品说明

这首词与《一剪梅·红藕香残》写于同一年。词的上阕写重阳佳节，独自在家的词人难挨漫漫长日，夜间孤枕难眠；下阕倒叙黄昏时节无语独酌的凄苦，通过抒写主人公憔悴的面容和愁苦的神情，表达了因思念丈夫所生的孤寂凄凉的心情。

渔家傲·记梦(原作者李清照)

改诗新纂

天接云涛连晓雾，
星河欲转千帆舞。
仿佛梦魂归帝所，
天语问我归何处？

我报路长嗟日暮，
学诗漫有惊人赋。
九万里风鹏正举，
蓬舟吹取三山赴！

原作对照

天接云涛连晓雾,星河欲转千帆舞。
仿佛梦魂归帝所,
闻天语,殷勤问我归何处。

我报路长嗟日暮，学诗漫有惊人句。
九万里风鹏正举，
风休住，蓬舟吹取三山去！

作品说明

作者此词似托梦而写，以梦中海天相接的壮阔美景及与天帝的问答，充分反映了作者对生活的挚爱，以及对光明、自由的追求和向往。此词以浪漫主义手法寄托自己的情思，景象壮美，气势磅礴，是女词人作品中少有的豪放词作。

相见欢(原作者朱敦儒)

改诗新纂

金陵城上西楼秋，
夕阳垂地大江流。
中原散乱几时收？
悲风吹泪过扬州。

原作对照

金陵城上西楼，倚清秋。
万里夕阳垂地，大江流。

中原乱，簪缨散，几时收？
试倩悲风吹泪，过扬州。

作者简介

朱敦儒(1081年—1159年)，字希真，号岩壑，洛阳(今河南省洛阳市)人，宋代词人、画家。朱敦儒中年时适逢北方沦陷，创作上一改早年婉丽的词风，多感怀忧愤之作，格调悲凉。晚年隐居故乡，词多描写洛阳自然景色与自己闲适的生活，语言清新明快，句法灵活自由。有词集《樵歌》。

作品说明

这首词是朱敦儒在宋室南渡以后，登上金陵城西门城楼所写的。上阕写词人黄昏独自登楼远眺，万里大地都笼罩在夕阳余晖中，眼前是一片落寞萧条的秋景，油然而生悲怆之感；下阕转到直言国事，表达了作者渴望早日恢复中原的强烈愿望，从写景到抒情，表现了词人的爱国精神。

念奴娇·过洞庭(原作者张孝祥)

改诗新纂

洞庭湖上近中秋，
更无一点动风色。
玉鉴琼田三万顷，
着我扁舟一叶泊。
素月分辉银河明，
天地表里俱澄澈。
悠然心会曼妙处，
竟难言传与君说。

岭外经年孤月照，
映我肝胆冰雪彻。
短鬓萧疏襟袖冷，
稳泛沧溟自空阔。
尽挹西江斟北斗，
邀来万象为宾客。
叩舷独啸人将醉，
今夕何夕共魂魄！

原作对照

洞庭青草，近中秋、更无一点风色。
玉鉴琼田三万顷，着我扁舟一叶。
素月分辉，明河共影，表里俱澄澈。
悠然心会，妙处难与君说。

应念岭表经年，孤光自照，肝胆皆冰雪。
短鬓萧疏襟袖冷，稳泛沧溟空阔。
尽挹西江，细斟北斗，万象为宾客。
叩舷独啸，不知今夕何夕！

作者简介

张孝祥(1132 年—1169 年)，字安国，别号于湖居士，历阳乌江(今安徽省和县)人。南宋著名词人、书法家。绍兴二十四年(1154 年)登第进士，廷试第一，即上书为岳飞鸣冤，秦桧指使党羽诬害张孝祥入狱，秦桧死后获释。历官尚书礼部员外郎、建康留守、荆南湖北路安抚使等职。他主张抗金，其诗文表现了对国家命运、人民生活的深切关怀，对南宋王朝的腐败黑暗揭露较深，在当时流传甚广。今存词 220 余首，其反映社会现实、爱国思想的作品成就尤为突出。其词风格豪迈，是南宋豪放派词人的代表人物之一，也形成了苏轼、张孝祥、辛弃疾一脉相承的爱国词派。有《于湖居士文集》、《于湖词》等传世。

作品说明

这首词是张孝祥因受谗言陷害被贬时，写于从广西途经洞庭湖的归途中。上阕写洞庭湖月下的景色，重在突出洞庭湖的“表里俱澄澈”；下阕着重抒情，写自己虽然被贬，鬓疏袖冷，但扪心无愧，突出其“肝胆皆冰雪”的高洁人格。通篇景中见情，境界辽远高阔，表现了作者开阔的胸襟和高尚的品质。

秋波媚(原作者陆游)

七月十六日晚，登高兴亭，望长安南山。

改诗新纂

秋到边城角声哀，
日落烽火照高台。
悲歌击筑将酹酒，
雁阵飞天兴悠哉！

多情谁似南山月？
特地雾破暮云开。
灞桥烟柳曲江池，
应待征人凯旋来。

原作对照

秋到边城角声哀，烽火照高台。
悲歌击筑，凭高酹酒，此兴悠哉！

多情谁似南山月？特地暮云开。
灞桥烟柳，曲江池馆，应待人来。

作者简介

陆游（1125 年—1210 年），字务观，号放翁，越州山阴（今浙江省绍兴市）人。南宋杰出爱国诗人、词人。宋高宗绍兴二十三年（1153 年）应试进士，取为第一，但被秦桧所黜；翌年应试礼部中第，复为秦桧除名。宋孝宗时，赐进士出身，中年入蜀投身军旅生活。陆游诗词多抒发政治抱负，反映人民疾苦，风格雄浑豪放，表现出恢复国家统一的强烈愿望和深厚的爱国主义思想情怀。其抒写日常生活的作品，则清新淡雅。今存诗 9300 多首，有《剑南诗稿》、《渭南文集》、《南唐书》、《老学庵笔记》等传世。

作品说明

这首词写于宋孝宗乾道八年（1172 年）秋天，当时作者在军中任职，正值主战派筹议收复长安。作者为此欣喜作词，上阕写登高酹酒，展示慷慨豪迈、高昂乐观的襟怀，下阕写遥望长安、预祝胜利的心情。作者运用拟人化手法，移情于景，充满着浪漫主义的情调。全词反映了作者关切战事进展、期待收复长安的热望和坚定信念，通篇洋溢出浓烈的爱国激情。

诉衷情（原作者陆游）

改诗新纂

当年万里觅封侯，
我自匹马戍梁州。
关河梦断是何处？
尘暗灰积旧貂裘。

胡犹未灭鬓先秋，
浩气长存泪空流。
谁料此心系天山，
身老垂暮在沧州！

原作对照

当年万里觅封侯，匹马戍梁州。
关河梦断何处，尘暗旧貂裘。

胡未灭，鬓先秋，泪空流。

此生谁料,心在天山,身老沧州!

作品说明

陆游晚年被罢官后退隐故乡,时常怀念他一生中最有意义的那段戎马生涯。词写作者自豪地回忆在南郑(今陕西省汉中市)的军旅生活,当杀敌报国的理想破灭后,罢官隐居的现实遭遇使他倍感悲凉,从而抒发对南宋统治集团误国殃民政策的愤慨,生动地反映了一位爱国志士的坎坷经历和老而弥坚的报国情怀。

卜算子·咏梅(原作者陆游)

改诗新纂

驿外断桥边，
寂寞开无主。
独自黄昏愁，
更着风雨注。

无意苦争春，
一任群芳妒。
零落碾作尘，
只有香如故。

原作对照

驿外断桥边，寂寞开无主。
已是黄昏独自愁，更着风和雨。

无意苦争春，一任群芳妒。

零落成泥碾作尘，只有香如故。

作品说明

这是一首咏梅词。写了梅花生不逢时、身处逆境，依旧傲然不屈，持节美德：朴实无华、不慕虚荣，操守如故、气节高尚。全词以清新的笔调描写梅花，其实是暗喻自己的不幸遭遇和崇尚高洁的品质。这首词是咏梅抒怀词中的绝唱。

如梦令（原作者范成大）

改诗新纂

两两莺啼绿阴处，
天气润衣喜微暑。
病起心盼且休雨，
明日榴花正端午。

原作对照

两两莺啼何许，寻遍绿阴浓处。
天气润罗衣，病起却忺微暑。
休雨，休雨，明日榴花端午。

作者简介

范成大（1126 年—1193 年），字致能，号石湖居士，南宋平江吴县（今江苏省苏州市）人。宋高宗绍兴二十四年（1154 年）进士，曾以资政殿大学士出使金国，慷慨抗节，不畏强暴，几近被杀，不辱使命而归。历任建康（今江苏省南京市)等地行政长官,官至参知政事(副宰相)。他与杨万里、陆游、尤袤合称南宋“中兴四大诗人”。其诗富有现实主义精神,风格平易浅显,清新秀丽,题材极为广泛,以反映农村生活的作品成就最高,是我国古代田园诗的集大成者。有《石湖诗集》、《石湖词》、《四时田园杂兴》等传世。

作品说明

这首词写作者病愈初起,来到园中,耳听着两两黄莺在绿荫深处婉转啼鸣,却遍寻不着;天气异常闷热,空气中的水汽把衣服都润湿了;作者在心中不住地祈祷:千万千万别下雨啊,明天就是榴花盛开的端午节了。全词笔调轻松,格调欢快,写出了作者病愈初起、人如履新,又恰逢端午佳节的欣喜心情。

三 登 乐(原作者范成大)

改诗新纂

路转向横塘,引篙穿虹桥,
卷地风偏高,水肥帆正饱。
放远眼双明,旷怀多浩渺。
桑梓无恙否?天教我重到。
木落雾已收,故山今更好。

舟过旧溪门,访寻走古道,
且休再荡桨,唯恐惊鱼鸟。
约算年来久,遇翁识者少。
但喜山林在,踪迹何曾扫。
归鬓任霜白,醉颜红未老。

原作对照

路转横塘,风卷地、水肥帆饱。
眼双明、旷怀浩渺。

问菟裘、无恙否，天教重到。
木落雾收，故山更好。

过溪门、休荡桨，恐惊鱼鸟。
算年来、识翁者少。
喜山林、踪迹在，何曾如扫。
归鬓任霜，醉红未老。

作品说明

这首词是作者晚年退职归隐故乡苏州石湖时的作品。上阕写归乡途中，抒写了词人见到故乡的激动与喜悦；下阕写归家之后的情景。因为自己离乡日久，词人本来还担心家乡的父老不认识自己，回到家乡后惊喜地发现，这里处处留有从前的踪迹。这个两鬓斑白之人，也因回到了这片熟悉的土地，而焕发出了青春的活力。全词写出了词人终于摆脱官场羁绊，退归故园复得自然的喜悦心情。

昭君怨·咏荷上雨(原作者杨万里)

改诗新纂

午梦扁舟花底卧,
香满西湖烟水阔。
急雨打篷声扑扑,
拍梦初醒人惊愕。

却是池荷跳雨珠,
散了真珠更聚多。
聚作盈盈水银窝,
风擎翠盘泻清波。

原作对照

午梦扁舟花底,香满西湖烟水。
急雨打篷声,梦初惊。

却是池荷跳雨,散了真珠还聚。
聚作水银窝,泻清波。

作者简介

杨万里(1127年—1206年),字廷秀,号诚斋,江西吉州(今江西省吉水县)人,南宋著名诗人。绍兴二十四年(1154年)进士,历任国子博士、吏部员外郎等职;晚年辞官归家,闲居乡里。杨万里的诗歌以描写自然景物为主,也有不少篇章反映民间疾苦,抒发爱国感情。语言平实清新,富有情趣。与陆游、范成大、尤袤并称"中兴四大诗人"。今存诗作4200余首。

作品说明

上阕写梦里泛舟西湖花丛下,沉浸在凌波幽香中,却被雨打船篷声惊醒;下阕写醒来看到庭院雨中池荷美景。作者以虚实相间的手法写来,用梦幻西湖烟雨的遥感之美,衬托庭院池荷的临境之美,构思新巧,笔调轻松活泼,颇富艺术魅力。

青玉案·元夕(原作者辛弃疾)

东风夜放花千树，
长天焰火星雨瀑。
宝马雕车香满路，
凤箫声动十里屋。
玉壶光转巡西去，
一夜腾欢鱼龙舞。

蛾儿雪柳黄金缕，
笑语盈盈暗香浮。
众里寻她千百度，
蓦然回首捉个住——
明眸皓齿巧笑人，
却在灯火阑珊处。

原作对照

东风夜放花千树，更吹落、星如雨。
宝马雕车香满路。
凤箫声动，玉壶光转，一夜鱼龙舞。

蛾儿雪柳黄金缕，笑语盈盈暗香去。
众里寻他千百度，
蓦然回首，那人却在、灯火阑珊处。

作者简介

辛弃疾(1140年—1207年)，字幼安，号稼轩，南宋历城(今山东省济南市)人。他是我国历史上杰出的爱国词人。与北宋的苏轼合称“苏辛”，与李清照并称“济南二安”。辛弃疾生长于金国统治的济南，青年时起兵归宋，曾任江西安抚使、福建安抚使等职，一生力主抗金。其词多抒写强烈的爱国主义思想和战斗精神，对当时执政者的屈辱求和进行了揭露和批判，也有不少吟咏祖国河山的作品。题材广阔又善化用前人典故，风格沉雄豪迈又不乏细腻柔媚。有词集《稼轩长短句》等传世。

作品说明

这是一首写元宵节的佳作。上阕总写元宵之夜的盛况:满城火树银花不夜天,游人们通宵达旦地歌舞,极力渲染元宵佳节的热闹景象;下阕重在写人,以盛装出游的仕女们,反衬立于灯火零落处的那个孤高女子。全词采用对比手法,勾勒出一个不同凡响的孤高淡泊的女性形象,并以此自喻,寄托作者政治失意后,不愿与世俗同流合污的孤高品格。

永遇乐·京口北固亭怀古(原作者辛弃疾)

改诗新纂

千古江山犹在目，
英雄无觅仲谋处。
舞榭歌台升平乐，
风流总被风雨恶。
斜阳草树寻常巷，
人道寄奴曾此住。
金戈铁马想当年，
气吞万里猛如虎。

元嘉封甚狼居胥？
赢得仓皇人北顾。
四十三年忆犹记，
望中烽火扬州路。
佛狸祠下怎回首，
一片神鸦伴社鼓！
廉颇老矣凭谁问：
尚能饭否大将出？

原作对照

千古江山，英雄无觅、孙仲谋处。
舞榭歌台，风流总被、雨打风吹去。
斜阳草树，寻常巷陌，人道寄奴曾住。
想当年、金戈铁马，气吞万里如虎。

元嘉草草，封狼居胥，赢得仓皇北顾。
四十三年，望中犹记、烽火扬州路。
可堪回首，佛狸祠下，一片神鸦社鼓！
凭谁问：廉颇老矣，尚能饭否？

作品说明

这是辛弃疾于六十六岁任镇江知府时，登上京口(今江苏省镇江市)北固亭后所写的一首感怀词。

北固亭位于镇江市北面、长江边的北固山上。

开篇借景抒情，由眼前所见而联想到两位著名历史人物——孙权和刘裕，表达了对他们英雄业绩的向往。接着借刘义隆自负而失败的典故，警告当权者韩侂胄要吸取历史教训，不可鲁莽从事。词人苦于壮志难酬，不禁顿生悲叹。结尾以廉颇自比，表达了词人致死不变报效国家的真挚心愿。

南乡子·登京口北固亭有怀(原作者辛弃疾)

改诗新纂

登临何处望神州?
满眼风光北固楼。
千古兴亡多少事?
不尽长江滚滚流!

青春年少万兜鍪,
坐断东南战未休。
英雄天下敌曹刘,
生子当如孙仲谋。

原作对照

何处望神州?满眼风光北固楼。
千古兴亡多少事?悠悠。
不尽长江滚滚流!

年少万兜鍪，坐断东南战未休。
天下英雄谁敌手？曹刘。
生子当如孙仲谋。

作品说明

这首词与《永遇乐·京口北固亭怀古》写于同一时期。通过对古代英雄人物孙权的歌颂，讽刺南宋统治者在金兵的侵略面前不敢抵抗、昏庸无能，委婉地暗示了自己对于朝廷的不满，同时也表达了自己的一腔爱国豪情。通篇三问三答，借古讽今，蕴含着对苟且偷安、毫无振作的南宋朝廷的愤慨之情。

水龙吟·登建康赏心亭(原作者辛弃疾)

改诗新纂

楚天千里正清秋,
水随天去秋无际。
遥岑远目愁与恨,
玉簪螺髻伤心碧。
落日楼头色如血,
断鸿声里哀似泣。
江南游子看吴钩,
击栏谁会登临意?

鲈鱼堪脍休再提,
季鹰归未西风起?
求田问舍不消计,
怕应羞见刘郎忌。
可惜流年忧风雨,
树犹如此人老矣!
今请谁拭英雄泪?
红巾翠袖但唤取!

原作对照

楚天千里清秋，水随天去秋无际。
遥岑远目，献愁供恨，玉簪螺髻。
落日楼头，断鸿声里，江南游子，
把吴钩看了，栏杆拍遍，无人会、登临意。

休说鲈鱼堪脍，尽西风、季鹰归未？
求田问舍，怕应羞见、刘郎才气。
可惜流年，忧愁风雨，树犹如此！
倩何人、唤取红巾翠袖，揾英雄泪！

作品说明

这首词是辛弃疾在建康（今江苏省南京市）任职通判时所作。上阕写作者登高所看到的景物，充分抒发了作者怀念中原故土、报国无门的悲愤心情；下阕借历史人物来抒写自己抑郁的情怀。全词抒写了作者因收复故土、统一祖国的愿望无法实现而生的感慨，深刻揭示了英雄志士壮志难酬的苦闷心情，生动表现了词人诚挚无私的爱国情怀。

菩萨蛮·书江西造口壁(原作者辛弃疾)

改诗新纂

郁孤台下清江水,
中间多少行人泪!
举目西北望长安,
可怜无数山成垒。

青山无奈遮不住,
东流毕竟入海汇。
江晚愁余正欲行,
山深鹧鸪声声回。

原作对照

郁孤台下清江水,中间多少行人泪!
西北望长安,可怜无数山。

青山遮不住,毕竟东流去。

江晚正愁余，山深闻鹧鸪。

作品说明

这首词为宋孝宗淳熙三年(1176 年)作者任江西提点刑狱时，途经造口所作。上阕触景生情，作者回忆起 1129 年金兵南下，追赶宋高宗赵构的伯母隆祐太后至造口(今江西省万安县南六十里)掳掠屠杀民众的惨况，由此抒发了对中原沦陷区人民的深切怀念；下阕表明作者对恢复中原充满了坚定的信心。但是，作者想到多年来抗金形势的变化，不禁又愁绪满怀。鹧鸪的悲鸣声，恰好透露出作者想收复失地，但又身不由己的矛盾心情。

摸鱼儿(原作者辛弃疾)

淳熙己亥，自湖北漕移湖南，同官王正之置酒小山亭，为赋。

改诗新纂

几番风雨怎消磨，
匆匆春归暗自度。
惜春长怕花开早，
何况落红更无数。
邀春且住且听说，
天涯芳草无归路。
怨春不语悄走脱，
徒负檐蛛织网苦。

长门事难佳期误，
蛾眉之人有人妒。
千金纵买相如赋，
脉脉此情凭谁诉?
君莫得意君莫舞，
玉环飞燕皆尘土。
闲愁最苦休倚栏，

斜阳烟柳断肠处。

原作对照

更能消几番风雨，匆匆春又归去。
惜春长怕花开早，何况落红无数。
春且住，见说道、天涯芳草无归路。
怨春不语。
算只有殷勤、画檐蛛网，尽日惹飞絮。

长门事，准拟佳期又误。
蛾眉曾有人妒。
千金纵买相如赋，脉脉此情谁诉？
君莫舞，君不见、玉环飞燕皆尘土。
闲愁最苦。
休去倚危栏，斜阳正在、烟柳断肠处。

作品说明

该词作于宋孝宗淳熙六年(1179 年),是一首忧时感世之作。词中表层写的是美女伤春、蛾眉遭妒,实际上是写自己因力主抗金而遭到当权者的排挤,借此抒发自己壮志难酬的愤慨和对国家命运的关切之情。此词一经问世,就广为传唱,影响十分深远,人们将其与苏轼《念奴娇》、柳永《雨霖铃》等并称为“宋金十大曲”。

清平乐·独宿博山王氏庵（原作者辛弃疾）

改诗新纂

数只饥鼠绕床走，
一双蝙蝠翻灯落。
屋上松风吹急雨，
窗间糊纸自语破。

塞北江南平生赴，
归来苍颜华发多。
布被秋宵梦觉寒，
眼前江山万里阔。

原作对照

绕床饥鼠，蝙蝠翻灯舞。
屋上松风吹急雨，破纸窗间自语。

平生塞北江南，归来华发苍颜。

布被秋宵梦觉，眼前万里江山。

作品说明

这是辛弃疾的一首别具一格的词。上阕描绘了一幅萧瑟破败的风情画，点明了他独宿的这个“王氏庵”，是久已无人居住的破屋；下阕写词人半夜被松风急雨吹醒，想到自己平生为了国事奔赴于塞北江南，如今苍颜白发，可心中所思所想，依然还是祖国的万里江山。通过画面，读者几可触摸到作者那颗激烈跳动的执着爱国之心。

清平乐·村居(原作者辛弃疾)

改诗新纂

茅檐低小炊熟早,
莺过溪上青青草。
醉里吴音相媚好,
白发谁家话翁媪。

大儿锄豆溪东坳,
中儿正织鸡笼罩,
最喜小儿无赖了,
溪头卧剥莲蓬咬。

原作对照

茅檐低小,溪上青青草。
醉里吴音相媚好,白发谁家翁媪。

大儿锄豆溪东,中儿正织鸡笼;

最喜小儿无赖，溪头卧剥莲蓬。

作品说明

这首小词，描绘了农村一个五口之家的环境和生活画面。作者把这家老小的不同面貌和情态，描写得惟妙惟肖，具有浓郁的生活气息，表现出词人对农村和平宁静生活的喜爱。

破阵子·为陈同甫赋壮词以寄(原作者辛弃疾)

改诗新纂

醉里挑灯试看剑，
梦回吹角已连营。
八百里分麾下炙，
五十弦翻塞外声。
鼙鼓三通不鸣金，
鏖战沙场秋点兵。

马作的卢腾飞快，
弓如霹雳弦乍惊。
了却君王天下事，
赢得生前身后名。
壮志难酬图破壁，
无计可怜白发生！

原作对照

醉里挑灯看剑，梦回吹角连营。
八百里分麾下炙，五十弦翻塞外声，
沙场秋点兵。

马作的卢飞快，弓如霹雳弦惊。
了却君王天下事，赢得生前身后名。
可怜白发生！

作品说明

这首词不同于传统双调词上下阕的结构形式，全词十句，前九句是一段，十分生动地描绘出一位披肝沥胆、勇往直前的将军形象，从而表现了词人力图收复失地、统一中原的豪情壮志；末一句是一段，以沉痛的慨叹，抒发了壮志难酬的悲愤。通过壮与悲的对比，反映了由于朝廷的腐败无能，而置人民于水深火热之中，让所有的爱国志士报国无门的沉痛现实。

西江月·夜行黄沙道中（原作者辛弃疾）

改诗新纂

明月别枝惊野鹊，
清风半夜鸣蝉喧。
稻花香里说丰年，
听取蛙声一片连。

七八个星闪天外，
两三点雨落山前。
旧时茅店社林边，
路转溪桥又忽现。

原作对照

明月别枝惊鹊，清风半夜鸣蝉。
稻花香里说丰年，听取蛙声一片。

七八个星天外，两三点雨山前。

旧时茅店社林边，路转溪桥忽见。

作品说明

这首词记作者夜行黄沙道中的所见所感。词的上阕写景，以动衬静，表现了乡村夏夜的宁静和优美；下阕写作者突然遇雨和看到“社林边”“旧时茅店”的惊喜。全词散发着浓郁的生活气息，表现了词人丰收之年的喜悦和对乡村生活的热爱。

西江月·遣兴(原作者辛弃疾)

改诗新纂

醉里且贪生欢笑,
要愁哪得死工夫!
近来始觉古人书,
信着全无今是处。

昨夜松边醉倒卧,
问松"看我醉何如?"
只疑松动要来扶,
以手推松曰"去汝!"

原作对照

醉里且贪欢笑,要愁那得工夫!
近来始觉古人书,信着全无是处。

昨夜松边醉倒,问松"我醉何如?"
只疑松动要来扶,以手推松曰"去!"

作品说明

这是一首具有戏剧性场景的词。词的上阕开头两句，表面看是写醉后贪欢无暇忧愁，实际上是说忧愁太多只好借酒逃避。接着两句看似写读书的感受，实际是对当时现实的愤激之词。下阕更具体写醉酒神态，不仅将醉态写得惟妙惟肖，也写出了作者倔强的性格，极具戏剧性。该词表面好像是抒写悠闲的心情，实则是借诙谐幽默之笔，发泄内心的不平之气。

卜算子(原作者严蕊)

改诗新篡

奴本不是爱风尘，
今生似被前缘误。
花落花开自有时，
凭此总赖东君主。

料知去也终须去，
奈何住也如何住！
若得山花插满头，
春风莫问奴归处。

原作对照

不是爱风尘，似被前缘误。
花落花开自有时，总赖东君主。

去也终须去，住也如何住！

若得山花插满头，莫问奴归处。

作者简介

严蕊（生卒年不详，1163年前后在世），原姓周，字幼芳，南宋中叶女词人。出身低微，幼习乐礼诗书，后沦为台州军营妓女，改艺名为严蕊。琴棋书画、歌舞丝竹兼精，颇有学识，诗词语意清新，是一位出色的艺人。

作品说明

这是一位身份卑贱但尊重自己人格的风尘女子的自白之作。朱熹巡查台州时，她被诬与地方长官有染而入狱，刑讯逼供，几欲被害。幸遇岳霖接任朱熹，命她作词申诉，她就呈上了这首词。上阕借花自喻，抒写自己沦落风尘，身不由己，命运总是掌握于权势者手中；下阕表达了她渴望自主、保持人格尊严，向往自由自在生活的强烈愿望。开明的岳霖在感怀之下，终于将她无罪释放、脱籍还良。

扬州慢(原作者姜夔)

淳熙丙申至日,余过维扬。夜雪初霁,荠麦弥望。入其城,则四顾萧条,寒水自碧,暮色渐起,戍角悲吟。余怀怆然,感慨今昔。因自度此曲。千岩老人以为有《黍离》之悲也。

改诗新纂

淮左名都竹西处,
解鞍少驻是初程。
已过春风十里村,
照眼荠麦深又青。
胡马窥江自去后,
废池乔木厌言兵。
清角吹寒渐黄昏,
一片寂寥在空城。

杜郎俊赏算而今,
身临重到须心惊。
纵然豆蔻词工巧,
青楼梦好难赋情。
二十四桥虽仍在,
波心冷月荡无声。

桥边红药念相思，
年年知是为谁生！

原作对照

淮左名都，竹西佳处，解鞍少驻初程。
过春风十里，尽荠麦青青。
自胡马窥江去后，废池乔木，犹厌言兵。
渐黄昏，清角吹寒，都在空城。

杜郎俊赏，算而今、重到须惊。
纵豆蔻词工，青楼梦好，难赋深情。
二十四桥仍在，波心荡、冷月无声。
念桥边红药，年年知为谁生！

作者简介

姜夔（1154年—1221年），字尧章，别号白石道人，饶州鄱阳（今江西省鄱阳县）人，南宋词人。少年孤贫，屡试不第，一生转徙于江湖间。姜夔诗词散文、书法音乐无不精善，词的造诣尤深，是继苏轼之后又一难得的艺术全才。其词格律严密，题材广泛，多为记游、咏物和抒写个人身世、离别相思之作，偶然也流露出对于时事的感慨。有《白石道人歌曲》等。

作品说明

这首词写于宋孝宗淳熙三年(1176 年)冬至。词前的序,对写作时间、地点和写作动因均作了交代。上阕写景,着重写初见扬州萧条、空阔、冷落、荒凉的景象;下阕追忆扬州昔日的繁华,悲叹今日的荒凉,寄托对今日山河破碎的哀思,抒写了深沉的“黍离之悲”。

八声甘州·陪庾幕诸公游灵岩(原作者吴文英)

改诗新纂

渺空烟四远,
青天坠长星?
苍崖云树幻,
金屋兼宫城。
箭径风射眼,
腻水染花腥。
时靸双鸳响,
廊叶堕秋声。

宫里吴王醉,
五湖倦客醒。
苍天问无语,
华发奈山青!
碧水涵斜日,
乱鸦落渔汀。
呼酒上琴台,
看秋与云平。

原作对照

渺空烟四远。是何年、青天坠长星？
幻苍崖云树，名娃金屋，残霸宫城。
箭径酸风射眼，腻水染花腥。
时靸双鸳响，廊叶秋声。

宫里吴王沉醉。倩五湖倦客，独钓醒醒。
问苍天无语，华发奈山青！
水涵空，阑干高处，送乱鸦斜日落渔汀。
连呼酒，上琴台去，秋与云平。

作者简介

吴文英（约1200年—约1260年），字君特，号梦窗，四明（今浙江省宁波市鄞州区）人，南宋词人。一生未仕，以词人、游士身份游幕终生，交游甚广，长年居于苏、杭、越（今浙江省绍兴市）三州。其词数量仅次于辛弃疾，其恋情词哀艳动人，其哀时吊世之作，表达了对国事的忧思。有《梦窗词》等。

作品说明

这是一首游览苏州市郊灵岩山时所作的怀古词。作者借吴越争霸遗事，抒古今兴亡之感和白发无成之恨。上阕写景物，寄怀古讽喻之思；下阕写人事，含隐忧当世和自叹之慨。全词将景物、史事和词人自身感情贯穿一线，寄寓着作者对国事不振而歌舞升平时弊的深切忧虑。

谒金门·怀故居(原作者李好古)

改诗新纂

花过一番雨，
一番又红素。
燕归衔绣幕，
旧巢无觅处。

玉楼谁歌舞？
玉关谁辛苦？
胡尘若吹去，
东风侯万户。

原作对照

花过雨，又是一番红素。
燕子归来衔绣幕，旧巢无觅处。

谁在玉楼歌舞？谁在玉关辛苦？

若使胡尘吹得去，东风侯万户。

作者简介

李好古，生卒年不详，字仲敏，南宋词人。少有大志但无缘报国，终生飘零。他的词效法苏轼、辛弃疾，风格雄豪，作品或感怆时事、针砭政弊，或激越昂扬、图复中原；写闲适之情的词作则风格绮丽。有词集《碎锦词》。

作品说明

词的上阕借写北归的燕子找不到旧巢，暗喻国土沦丧而流离失所的百姓的悲凉心境；下阕用一个对比句设问，作者愤慨地指出谁（指南宋统治者）在歌舞享乐，谁（指戍边士卒）在艰辛抗敌，表现了作者爱憎分明的忧国情感。最后说若使东风能将胡尘吹去，则东风可封为万户侯了，以辛辣的讽刺，表达了对苟且偷安的统治者的谴责和对国事的隐忧。

柳梢青·春感(原作者刘辰翁)

铁马蒙毡奔，
洒泪银花灯。
元宵不团圆，
春寒入愁城。
笛里番腔调，
街头戏鼓惊，
一片皆胡闹，
不是好歌声。

那堪独坐夜，
冷眼对青灯！
怀想故国春，
高台明月升。
辇下风光去，
山中岁月生。
海上心情近，
远闻亦深应。

原作对照

铁马蒙毡，银花洒泪，春入愁城。
笛里番腔，街头戏鼓，不是歌声。

那堪独坐青灯！想故国、高台月明。
辇下风光，山中岁月，海上心情。

作者简介

刘辰翁(1231年—1294年)，字会孟，别号须溪，南宋庐陵(今江西省吉安市)人，南宋著名词人。进士出身，后对专权误国的贾似道不满，矢志不入仕。南宋亡后，回乡致力于文学创作和文学批评，其中词作成就最大。在南宋末年的词人中，他的爱国思想与民族气节反映得最为强烈，其词属豪放风格，继承苏辛词派并有发扬创新，对元明词创作产生了较大影响。有《须溪集》传世。

作品说明

这首词写于南宋灭亡以后，题名春感，实为借元宵节之景，抒发作者的亡国之痛和故国之念。词的上阕写故都临安(今浙江省杭州市)元宵灯节的悲凉景象，从视觉和听觉两方面表现国破家亡的沉痛；下阕写了对故国的深沉怀念和无限眷恋之情。最后三句，点明自己心之所系、身之所在、志之所向，表现了作者高尚可贵的民族气节。

瑞鹤仙(原作者张枢)

改诗新篡

卷帘人睡起,开门放燕回。
风光又能几?商量春事归。
卖花声声里,日日减芳菲。
吟诗眼底绿,红移紫换翠。
等闲东风去,小桥过流水。

苔痕湔雨深,竹影留云晦。
兰舟静已泊,待晴却犹未。
西湖弦歌歇,粉蝶流连飞,
守定落花香,湿重两翅垂。
怎知人寄愁,寸心万里追。

原作对照

卷帘人睡起。
放燕子归来,商量春事。

风光又能几？
减芳菲、都在卖花声里。
吟边眼底。
被嫩绿、移红换紫。
甚等闲、半委东风，半委小桥流水。

还是。
苔痕湔雨，竹影留云，待晴犹未。
兰舟静舣，西湖上、多少歌吹？
粉蝶儿、守定落花不去，湿重寻香两翅。
怎知人、一点新愁，寸心万里。

作者简介

张枢，生卒年不详，字斗南，一字云窗，号寄闲，祖籍凤翔成纪（今甘肃省天水市），工词，善音律，曾制《依声集》百阕，音韵和谐。《全宋词》辑其词9首。

作品说明

作品摹写的是春愁。上阕由燕归衔春来，到落花流水，极写春天的短暂；下阕更以连绵春雨，暗寓春将归隐，因而引动春愁。最后直接点出“愁”字，自然流露了词人的惜春伤别之情。

摸鱼儿·雁丘辞(原作者元好问)

序:泰和五年乙丑岁,赴试并州,道逢捕雁者云:"今旦获一雁,杀之矣。其脱网者悲鸣不能去,竟自投于地而死。"予因买得之,葬之汾水之上,累石为识,号曰雁丘。时同行者多为赋诗,予亦有《雁丘辞》。旧所作无宫商,今改定之。

改诗新纂

问世间情是何物,
直教人生死相许?
天南地北双飞客,
老翅几回寒暑替。
欢乐趣味离别苦,
就中更有痴儿女。
万里层云千山雪,
君向谁依向谁语?

寂寞当年横汾路,
箫鼓荒烟平林凄。
招魂徒然嗟何及,
山鬼暗啼风雨期。
天也妒或未信与,

莺燕俱为黄土墟。
千秋万古待骚人，
狂歌痛饮雁丘祭！

原作对照

问世间、情是何物，直教生死相许？
天南地北双飞客，老翅几回寒暑。
欢乐趣，离别苦，就中更有痴儿女。
君应有语，渺万里层云，千山暮雪，只影向谁去？

横汾路，寂寞当年箫鼓，荒烟依旧平楚。
招魂楚些何嗟及，山鬼暗啼风雨。
天也妒，未信与，莺儿燕子俱黄土。
千秋万古，为留待骚人，狂歌痛饮，来访雁丘处。

作者简介

元好问(1190年—1257年)，字裕之，号遗山，太原秀容(今山西省忻州市)人。宋金时期的著名文学家、诗人、史学家。进士出身，曾任儒林郎、国史院编修。诗文词曲皆精，尤以诗作成就最高，在当时颇负盛名。晚年退隐，在家著述颇丰。其《论诗绝句三十首》，在文学批评史上影响较大。

有《遗山先生全集》、《遗山乐府》等传世。

作品说明

这是一首咏物词，写大雁殉情而死的奇事，词前序文说明了写词的起由。上阕起句发问，即以生死相许的讴歌作答；接着写两只大雁数年相依为命，难以割舍，一往情深的情景；上阕后四句，可谓神来之笔，细致入微揣摩了大雁殉情前的心理活动，托出殉情的深层原因。下阕借对历史盛迹的追忆，与对自然景物的描绘，极尽渲染并礼赞了大雁殉情的崇高操守。结尾处，寄寓着词人对殉情者的深切哀思，延展开阔了全词的历史跨度，使至死不渝的爱情主题得以升华。

清平乐(原作者张炎)

改诗新纂

采芳人杳游情少,
花期繁开再无暇?
客里看春多草草,
总被诗愁弄丢下。

去年燕子飞天涯,
今年燕子落谁家?
三月休听夜雨下,
如今不是雨催花。

原作对照

采芳人杳,顿觉游情少。
客里看春多草草,总被诗愁分了。

去年燕子天涯,今年燕子谁家?

三月休听夜雨，如今不是催花。

作者简介

张炎（1248 年—1320 年），字叔夏，号玉田，祖籍凤翔（今甘肃省天水市），寓居临安（今浙江省杭州市），南宋末年著名词人。前半生生活优裕，宋亡后漂泊、落拓。他是南宋最后一位重要的词人，其词多写个人哀怨，情调低沉苍凉，恰真实反映了他所处的那个时代国破家亡之痛。他还是著名的词论家，其《词源》是一部颇具权威性的词论专著。

作品说明

作者长期过着流浪生活，借伤春抒发他在宋亡后孤独无依的漂泊之感。上阕分别从客观、主观两方面来写游兴阑珊及其原因；下阕以燕子飘荡无依暗喻自身的颠沛流离，词末写夜雨更催花落，倍添春残的伤感，透出家国身世的交织之痛。

【越调】天净沙(二首,原作者白朴)

改诗新纂

春

春山暖日小和风,
阑干楼阁掩帘栊。
杨柳秋千啼莺燕,
小桥流水映飞红。

秋

孤村落日留残霞,
轻烟老树归寒鸦。
青山绿水飞鸿下,
白草红叶拥黄花。

原作对照

春

春山暖日和风，阑干楼阁帘栊，杨柳秋千院中。啼莺舞燕，小桥流水飞红。

秋

孤村落日残霞，轻烟老树寒鸦，一点飞鸿影下。青山绿水，白草红叶黄花。

作者简介

白朴(1226年—1306年)，字仁甫，一字太素，号兰谷，祖籍隩州(今山西省河曲县)，后徙居真定(今河北省正定县)，晚年寓居金陵(今江苏省南京市)，终生未仕。元代著名杂剧家、文学家，与关汉卿、马致远、郑光祖并称为“元曲四大家”。著有杂剧16种，今存《梧桐雨》等3种、散曲30余首。

作品说明

白朴现存的散曲作品中，《天净沙》共四组八首，笔者选了其中一组的“春”“秋”二首。

《天净沙·春》这支曲子写一位女子站在帘栊之下，欣赏着春色如画的景致。作者以春日、春山为背景，以人物的驻足处作近景，以庭院中生机勃勃、春意盎然的喧闹景象为主景，运用动静结合的写法，让景物增添了生气，也让静态的画面有了动感，充满诗情画意，意趣盎然。

《天净沙·秋》开篇以明朗、清丽的秋天景物并列组合，由远及近推出了一种宁静、寂寥、萧瑟的氛围。“一点飞鸿影下”，带得眼前宁静的秋景生动起来；结句写了五种颜色的景物，让秋景突然变得缤纷相映、绚丽多姿。作者借此表达了积极向上、乐观开朗的处世态度。

【双调】寿阳曲·远浦帆归(原作者马致远)

改诗新纂

夕阳西照酒旆闲，
两三航来未着岸。
落花水香茅舍晚，
断桥卖鱼人头散。

原作对照

夕阳下，酒旆闲。两三航未曾着岸。落花水香茅舍晚，断桥头卖鱼人散。

作者简介

马致远(1250 年—1324 年)，字千里，号东篱，大都(今北京市)人。元代著名杂剧家、“元曲四大家”之一。进士出身，曾任江浙行省务官。著有杂剧 15 种，今存《汉宫秋》等 7 种。他的散曲取材广泛，风格豪放清逸、平易自然，造诣较高，有“曲状元”之称。今存散曲约 120 余首。

作品说明

这支散曲描绘的是一幅江村渔人晚归图，表现出作者对和平宁静生活的向往。前三句写了夕阳、酒旗、两三渔船，呈现水乡小镇傍晚时分的宁静气氛；最后两句，作者跳过渔船靠岸的繁忙场景，只写“断桥头卖鱼人散”后的光景，落花、水香、茅舍、晚灯，构成了一幅清疏淡雅、宁静安谧的水乡夜景图。

【双调】水仙子·咏江南（原作者张养浩）

改诗新纂

一江烟水照晴岚，
两岸人家接画檐。
芰荷丛里秋光淡，
沙鸥再三碧空旋。
十里珠帘迎画船，
酒旗风翻是江南。

原作对照

一江烟水照晴岚，两岸人家接画檐。芰荷丛一段秋光淡。看沙鸥舞再三，卷香风十里珠帘。画船儿天边至，酒旗儿风外飐，爱杀江南。

作者简介

张养浩（1270 年—1329 年），字希孟，号云庄，山东济南（今山东省济南市）人，元代著名散曲家。曾任监察御史、礼部尚书等职。文宗天历二年(1329 年)关中大旱,他任陕西行台中丞去赈灾,到任四月即积劳成疾病卒,民众哀之。他诗文兼擅,而以散曲著称。作品题材丰富,或写田园林泉,或抨击现实,很关心民生疾苦,风格清逸而豪迈。今存散曲160 多首、诗近400 首。

作品说明

此曲极写江南水乡的秋色,表达了作者被罢官归隐后的闲适心境。江上烟云缭绕,两岸画梁相接,芰荷丛生,秋光疏淡,沙鸥飞舞,珠帘漫卷,画船浪至,酒旗风翻,宁静之中涌动浓郁的生活气息,突出展示了江南的美丽可爱。

【双调】殿前欢·爱山亭上(原作者张可久)

改诗新纂

春在小栏干,
添竹两三竿。
容我好偷闲,
松风古砚寒。
藓上白石烂,
蕉雨疏花绽。
青山本爱我,
我最爱青山。

原作对照

小栏干,又添新竹两三竿。倒持手版搘颐看。容我偷闲,松风古砚寒。藓上白石烂,蕉雨疏花绽。青山爱我,我爱青山。

作者简介

张可久（约1270年—1341年后），字伯远，号小山，庆元路（今浙江省宁波市）人。曾任桐庐典史、省署掌管文牍的首领官等职。他是元代著名的散曲家，毕生致力于散曲创作，作品风格大多清丽典雅，亦有少数是口语化、有着泼辣本色的。今存散曲855首、套曲9首，是元代散曲存世最多的作家。

作品说明

这支曲子写作者的退隐生活片断。作者登临归隐地爱山亭，游赏到一片生趣鲜活、烂漫可爱的自然美景，摆脱了官场的羁绊，自由自在地倾心赏乐。结尾两句，表现了作者相融于自然的和谐愉悦之情。

【越调】小桃红(原作者倪瓒)

改诗新纂

一江秋水澹寒烟，
水影朗润明如练。
眼底离愁数行雁，
绿苹红蓼参差现。
吴歌荡桨一声怨，
惊起双双白鸥眠。

原作对照

一江秋水澹寒烟，水影明如练，眼底离愁数行雁。雪晴天，绿苹红蓼参差见。吴歌荡桨，一声哀怨，惊起白鸥眠。

作者简介

倪瓒(1306年—1374年)，字元镇，号云林，无锡(今江苏省无锡市)人，元代著名画家。诗书画皆精，终生不愿入仕，隐居于太湖山林二十余年。作品多描写自然野趣，直抒胸臆不平之气。他是元代对后世影响最大的画家。

作品说明

此曲写太湖深秋之景，秋水寒烟，水澄如练，雁行南飞，绿萍红蓼，参差闪现，在晴日下一片生机盎然；驾舟人荡桨唱着怨情的民歌，惊起憩息的白鸥飞天。此词情调清疏淡远，如同他手绘的一贯气质的山水诗画。

牡丹亭·惊梦(节选,原作者汤显祖)

改诗新纂

姹紫嫣红都开遍,
断井颓垣却这般。
良辰美景奈何天,
赏心乐事谁家院!
朝飞暮卷云霞轩,
雨丝风片烟波船。
奴儿直怨锦屏人,
忒般看待韶光贱!

原作对照

原来姹紫嫣红开遍,似这般都付与断井颓垣。良辰美景奈何天,赏心乐事谁家院!朝飞暮卷,云霞翠轩;雨丝风片,烟波画船。锦屏人忒看的这韶光贱!

作者简介

汤显祖(1550年—1616年),字义仍,号海若,别号清远道人,江西临川(今江西省抚州市)人。明代著名戏曲家,和关汉卿、王实甫齐名。进士出身,曾在南京任太常寺博士等职。四十九岁弃官还乡,致力于戏曲创作。著有戏剧《牡丹亭》、《紫钗记》、《南柯记》、《邯郸记》,《牡丹亭》是其代表作,在我国戏曲史上影响深远。诗文有《玉茗堂全集》等。

作品说明

“惊梦”是《牡丹亭》里的名段。描写闺居的杜丽娘春日游园时,所发出的对美好春光的赞叹,和对春光短暂的惜叹,表现出她对大自然的热爱和青春意识的觉醒,及对自己美好青春被耽误的不满,反映封建礼教桎梏下青年女子的苦闷,从而揭露了封建礼教对青年人的摧残。声声叹叹,透露出鲜明的反抗封建礼教的精神觉悟。

古代散文

报任安书（节选，原作者司马迁）

改诗新纂

古者富贵名磨灭，
不可胜记世俱忘；
今留青史其名扬，
唯有倜傥称非常。
文王拘而演《周易》，
仲尼《春秋》厄中忙；
屈原放逐赋《离骚》，
左丘失明《国语》光；
孙子膑脚修《兵法》，
不韦下蜀《吕览》上；
韩非囚秦缘《说难》，
《孤愤》剖析诉衷肠；
《诗》三百篇乃力作，
圣贤发愤皆辉煌。
此皆意有所郁结，
苦思不得通道行，
故述往事思来者，

留与后世看文章。
及如左丘无明目，
孙子断足终残伤，
退论书策舒其愤，
思垂空文见自强。

仆窃不逊自托辞，
天下旧闻搜罗网，
考之行事稽其果，
成败兴坏论理当。
上计轩辕下于兹，
计凡百三十篇长：
帝臣编年为十表，
本纪十二书八章，
世家三十当年雄，
列传七十彼时强。
亦欲以究天人事，
通变古今借鉴赏；
一家之言图成立，
十又三载费思量。
草创未就适此祸，
忍刑不愠为后偿。
诚著此书雪前辱，

传人收作名山藏，
通邑大都闻遐迩，
仆被万戮岂懊丧？
然此可为智者道，
难与俗人言主张！

且负上流多谤议，
乡党耻笑戳脊梁；
污辱先人无面目，
父母之墓何复上？
虽累百世垢弥甚，
是以一日九回肠！
居则忽忽若有失，
出则不知所如往。
每念斯耻汗沾衣，
闺阁之臣岂穴藏？
姑且从俗随浮沉，
与时俯仰任迷狂。
少卿今教推贤进，
无乃与仆谬指望？
虽欲曼辞自雕瑑，
无益于信俗不赏。
自解不得徒取辱，

欲图雪耻待上苍。
人死然后是非定，
书陈固陋再拜上。

原作对照

古者富贵而名摩灭，不可胜记，唯倜傥非常之人称焉。盖西伯拘，而演《周易》；仲尼厄，而作《春秋》；屈原放逐，乃赋《离骚》；左丘失明，厥有《国语》；孙子膑脚，《兵法》修列；不韦迁蜀，世传《吕览》；韩非囚秦，《说难》、《孤愤》。《诗》三百篇，大抵圣贤发愤之所为作也。此人皆意有所郁结，不得通其道，故述往事，思来者。及如左丘无目，孙子断足，终不可用，退论书策，以舒其愤，思垂空文以自见。

仆窃不逊，近自托于无能之辞，网罗天下放失旧闻，考之行事，稽其成败兴坏之理。上计轩辕，下至于兹，为十表、本纪十二、书八章、世家三十、列传七十，凡百三十篇。亦欲以究天人之际，通古今之变，成一家之言。草创未就，适会此祸，惜其不成，是以就极刑而无愠色。仆诚已著此书，藏之名山，传之其人，通邑大都。则仆偿前辱之责，虽万被戮，岂有悔哉？然此可为智者道，难为俗人言也。

且负下未易居，上流多谤议。仆以口语遇遭此祸，重为乡党戮笑，污辱先人，亦何面目复上父母之丘墓乎？虽累百世，垢弥甚耳！是以肠一日而九回，居则忽忽若有所亡，出则不知所如往。每念斯耻，汗未尝不发背沾衣也。身直为闺阁之臣，宁得自引深藏于岩穴邪？故且从俗浮沉，与时俯仰，通其狂惑。今少卿乃教以推贤进士，无乃与仆之私指谬乎？今虽欲自雕瑑，曼辞以自解，无益于俗，不信，只取辱耳。要之死日，然后是非乃定。书不能尽意，故略陈固陋。谨再拜。

作者简介

司马迁（前145年—？），字子长，西汉夏阳（今陕西省韩城市）人。我国历史上伟大的史学家、文学家、思想家。二十岁时从京师长安南下，游历江淮流域和中原地区，考察山川、史事、风俗，行程近三万里，历时近三年。元封三年（前108年），继承其父司马谈之职，任太史令，曾随汉武帝多次出巡各地；后因替投降匈奴的李陵辩说，触怒汉武帝致获罪下狱，受腐刑。他于太初元年（前104年）开始撰写《史记》，出狱后任中书令，继续发愤著书，历经十三年终于在他逝世前使《史记》成书。

《史记》是我国第一部纪传体通史，对后世史学影响极其深远；《史记》语言生动，形象鲜明，也是优秀的文学作品。

作品说明

《报任安书》是司马迁回复友人任安的一封信，也是一篇感人至深的散文。司马迁以极其激愤的心情，诉说了自己的不幸遭遇和内心无限的痛苦，提出了人“固有一死，或重于泰山，或轻于鸿毛”的进步生死观，表达了他为实现理想而甘受凌辱、坚韧不屈的斗争精神。原文较长，笔者只选了最后三段。

第一段列举古代被人称颂的“倜傥非常之人”受辱后“退论书策，以舒其愤”的例子；第二段介绍《史记》的体例和宗旨，说明自己“就极刑而无愠色”就是为了完成《史记》；第三段是书信的结尾，他再次向任安表述承受羞辱的愤懑心情，并陈说他对余生的看法，最后与开端相照应，再次婉辞解说无从“推贤进士”的苦衷。

兰亭集序(原作者王羲之)

改诗新纂

永和九年岁癸丑，
会稽山阴兰亭春，
群贤毕至修禊事，
少长咸集共襄运。
崇山峻岭此地秀，
茂林修竹四时新；
清流激湍如漱玉，
映带左右花似锦。
流觞曲水传欢饮，
列坐其次接诗吟。
虽无丝竹与管弦，
一觞一咏叙秦晋。
天朗气清是日爽，
惠风和畅一舒心；
仰观宇宙广而大，
俯察品类盛且纷；
游目骋怀难暇接，
极娱视听乐可信。

人之相与天定份，
俯仰一世有缘寻；
或取怀抱惺惺惜，
一室之内悟言深；
或寄所托重精神，
形骸之外放浪心。
趣舍万殊静躁异，
暂得于己所遇欣；
快然自足曾忘我，
老之将至竟不敏。
及至情倦随事迁，
感慨系之晚至今。
向之所欣俯仰间，
已为陈迹兴犹存；
古云“死生”痛之切，
修短随化终期尽！

每览昔人兴之由，
若合一契最相亲；
临文未尝不嗟悼，
难喻我怀唯会心。
知一死生为虚诞，
寿齐彭殇妄作论。

后之视今莫惘然，
犹今视昔须悲悯！
故为列叙今时人，
录其所述待后品。
世殊事异虽各别，
所以兴怀致一真。
后之览者读至此，
亦将有感于斯文。

原作对照

永和九年，岁在癸丑，暮春之初，会于会稽山阴之兰亭，修禊事也。群贤毕至，少长咸集。此地有崇山峻岭，茂林修竹，又有清流激湍，映带左右。引以为流觞曲水，列坐其次，虽无丝竹管弦之盛，一觞一咏，亦足以畅叙幽情。是日也，天朗气清，惠风和畅，仰观宇宙之大，俯察品类之盛，所以游目骋怀，足以极视听之娱，信可乐也。

夫人之相与，俯仰一世，或取诸怀抱，悟言一室之内，或因寄所托，放浪形骸之外。虽趣舍万殊，静躁不同，当其欣于所遇，暂得于己，快然自足，不知老之将至。及其所之既倦，情随事迁，感慨系之矣。向之所欣，俯仰之间，已为陈迹，犹不能不以之兴怀，况修短随化，终期于尽。古人云："死生亦大矣！"岂不痛哉！

每览昔人兴感之由，若合一契，未尝不临文嗟悼，不能喻之于怀。固知一死生为虚诞，齐彭殇为妄作。后之视今，亦犹今之视昔，悲夫！故列叙时人，录其所述。虽世殊事异，所以兴怀，其致一也。后之览者，亦将有感于斯文。

作者简介

王羲之(303 年—361 年)，字逸少，东晋著名书法家。原籍琅琊(今山东省临沂市)，后迁会稽山阴(今浙江省绍兴市)，晚年隐居剡县(今浙江省嵊州市)。曾任秘书郎、江州刺史、会稽内史，领右将军，人称"王右军"。他出身名门，早年师从女书法家卫夫人，博采众长，自成一家。王羲之书风笔法细腻，结构多变，把汉字书写从实用引至一种注重技法、讲究情趣的境界，使书法成为真正的艺术，被后世称为"书圣"。

作品说明

东晋永和九年(353 年)农历三月三日，王羲之与谢安、孙绰等四十一人，集会于会稽山阴的兰亭(今浙江省绍兴市西南的兰渚山下)，他们流觞曲水，饮酒赋诗，结集成册，由王羲之写成此序。

全文共三段。第一段写兰亭集会的时间、地点、事由、地理环境，以及景物、当日天气和感受，是实写，以一“乐”字为基调；第二、三段写集会后的感慨，是虚写，以一“悲”字为基调。人生忧乐无常，聚少离多，时不我待，更应珍惜生命，所以他要作序纪念以承前启后。全篇时喜时悲，喜极而悲，初由平静起激荡，再由激荡归平静，极尽波澜起伏、抑扬顿挫之美。《兰亭集序》是千古盛传的名篇佳作。

桃花源记（原作者陶渊明）

改诗新纂

晋太元年中，
捕鱼武陵人。
孤舟缘溪行，
竟忘路远近。
忽逢桃花林，
夹岸数百寻，
中间无杂树，
静谧绝鸟音，
芳草鲜且美，
落英乱缤纷。
渔人甚异之，
复行欲穷林。
林尽水源处，
便得一山涧。
山有小口缺，
仿佛有光荧。
舍船从口入，
极狭初通人，

复行数十步，
豁然开朗新。
土地平旷远，
屋舍俨然陈，
良田连美池，
桑竹对映衬。
阡陌互交通，
鸡犬相与闻。
种作男女们，
衣着如外人，
黄发并垂髫，
怡然自为亲。
一一见渔人，
各各大惊心，
问其所从来，
俱答无有隐。
众便邀还家，
杀鸡设酒饮。
村中闻此人，
咸来勤问讯。
自云先世时，
战乱为避秦；
妻子共邑人，

率来绝境存；
从此不复出，
遂与外隔分。
问今是何世，
天地竟混沌，
不知曾有汉，
更无论魏晋。
渔人具所闻，
众皆叹惋甚。
各复延至家，
酒食请作尊。
数日乃辞去，
此中人语云：
“不足为外道，
我辈自安分。”
既出得其船，
返向来路巡，
渔人亦有心，
处处标记印。
及郡诣太守，
备细说钩沉。
太守即遣人，
随其往所寻，

标志竟迷离，
不复得路循。
南阳刘子骥，
高士闻之欣，
固然亦计往，
无果终病殒。
何处桃花源？
遂后无问津。

原作对照

晋太元中，武陵人捕鱼为业。缘溪行，忘路之远近。忽逢桃花林，夹岸数百步，中无杂树，芳草鲜美，落英缤纷。渔人甚异之。复前行，欲穷其林。林尽水源，便得一山。山有小口，仿佛若有光，便舍船从口入。初极狭，才通人。复行数十步，豁然开朗。土地平旷，屋舍俨然，有良田、美池、桑竹之属。阡陌交通，鸡犬相闻。其中往来种作，男女衣着，悉如外人；黄发垂髫，并怡然自乐。见渔人，乃大惊，问所从来，具答之。便要还家，设酒杀鸡作食。村中闻有此人，咸来问讯。自云先世避秦时乱，率妻子邑人来此绝境，不复出焉，遂与外人间隔。问今是何世，乃不知有汉，无论魏、晋。此人一一为具言所闻，皆叹惋。余人各复延至其家，皆出酒食。停数日，辞去。此中人语云："不足为外人道也。"既出，得其船，便扶向路，处处志之。及郡下，诣太守说如此。太守即遣人随其往，寻向所志，遂迷，不复得路。南阳刘子骥，高尚士也，闻之，欣然规往。未果，寻病终。后遂无问津者。

作者简介

陶渊明(约 365 年—427 年)，名潜，字元亮，号五柳先生，浔阳柴桑(今江西省九江市)人。东晋著名诗人、文学家。陶渊明数度出仕，曾做过祭酒、参军等小官，后辞官归隐家乡。其诗文辞赋都具有极高造诣，是我国最早的田园诗人，作品风格清新自然，真实平淡，在我国文学史上享有重要地位。代表作品有《饮酒》、《归园田居》、《桃花源记》、《五柳先生传》、《归去来兮辞》等。有《陶渊明集》传世。

作品说明

《桃花源记》约作于作者辞官归隐后的永初二年(421年)，作品描绘了一个人们向往的世外桃源。以武陵渔人进出桃花源的行踪为线索，写了进入桃源、做客桃源、离开桃源、再寻桃源等情节，描绘了桃花源里人民和平恬静的生活情景，反映出作者对现实的不满，和对和平、自由、理想社会的向往与追求。

归去来兮辞（原作者陶渊明）

归去来兮，
秋逝冬回，
田园将芜，
吾胡不归！
心为形役，
自知所累，
奚因惆怅，
是而独悲？
深悟已往，
已往难规；
犹知来者，
来者可追。
实虽迷途，
迷途始退；
终觉今是，
今是昨非。
舟之遥遥，
轻飏以飞；

风之飘飘，
掠衣而吹。
借问征夫，
前路几水？
还恨晨光，
晓之熹微。

乃瞻衡宇，
奔之快慰。
僮仆欢迎，
稚子候扉。
三径就荒，
松菊葳蕤。
携幼入室，
有酒盈杯。
引之壶觞，
聊以自醉；
眄之庭柯，
怡颜舒眉。
身倚南窗，
傲寄心伟；
面审容膝，
顿安神昧。

园中旦夕，
涉趣多味；
门虽外设，
长闭御内。
策杖扶老，
流憩忘寐；
时复矫首，
遐待以窥。
云动无心，
出岫来会；
鸟栖倦飞，
知还亦归。
晚景翳翳，
将入暮晦；
忍抚孤松，
盘桓久对。

归去来兮，
息交绝类。
尘世与我，
相违而背；
复驾无言，
焉求何为！

乞悦亲戚，
情话耽会；
寄乐琴书，
消忧解惫。
农人告余，
天及春回，
地将有事，
西畴众汇。
或命巾车，
或挂舟桅；
既下窈窕，
寻壑行水；
亦上崎岖，
经丘越陂。
万木欣欣，
向荣俱翠；
数泉涓涓，
始流汇美。
今之得时，
万物善瑞；
感之吾生，
行休将坠。

归去来兮，
已矣无谓！
生复几时？
寓形宇内。
何不顺心，
去留任为！
胡为遑遑，
欲何之最？
富贵求近，
吾愿始非；
帝乡已远，
终不可遂。
只怀良辰，
孤往无悔；
手或植杖，
耘耔以随。
登高东皋，
仰啸长嗗；
俯临清流，
赋诗低回。
生聊乘化，
安以尽归；
乐乎天命，

奚疑其谁!

原作对照

归去来兮,田园将芜胡不归!既自以心为形役,奚惆怅而独悲?悟已往之不谏,知来者之可追。实迷途其未远,觉今是而昨非。舟遥遥以轻飏,风飘飘而吹衣。问征夫以前路,恨晨光之熹微。

乃瞻衡宇,载欣载奔。僮仆欢迎,稚子候门。三径就荒,松菊犹存。携幼入室,有酒盈樽。引壶觞以自酌,眄庭柯以怡颜。倚南窗以寄傲,审容膝之易安。园日涉以成趣,门虽设而常关。策扶老以流憩,时矫首而遐观。云无心以出岫,鸟倦飞而知还。景翳翳以将入,抚孤松而盘桓。

归去来兮,请息交以绝游。世与我而相违,复驾言兮焉求!悦亲戚之情话,乐琴书以消忧。农人告余以春及,将有事于西畴。或命巾车,或棹孤舟。既窈窕以寻壑,亦崎岖而经丘。木欣欣以向荣,泉涓涓而始流。善万物之得时,感吾生之行休。

已矣乎,寓形宇内复几时!曷不委心任去留,胡为乎遑遑兮欲何之?富贵非吾愿,帝乡不可期。怀良辰以孤往,或植杖而耘耔。登东皋以舒啸,临清流而赋诗。聊乘化以归尽，乐乎天命复奚疑！

作品说明

陶渊明四十一岁时，最后一次出仕，做了八十五天的彭泽县令，因为“不愿为五斗米折腰”而辞官归里，本篇是他初归时所作。《归去来兮辞》全文共四段。第一段写作者弃官归家的原因：“田园将芜”、“心为形役”，要迷途知返、痛改前非，写了归家途中的迫切心情；第二段写了到家后闲适惬意的生活；第三段写隐居后躬耕陇亩、诗酒琴书的田园生活；第四段抒发了作者委心乘化、知天乐命的隐士情怀。通过叙述辞官归隐后的生活情趣和内心感受，表达了作者洁身自好、不同流合污的精神情操，和因理想与现实的矛盾带来的内心深处的悲凉与无奈。

三　　峡(原作者郦道元)

改诗新纂

自起三峡七百里，
两岸连山似无疆。
山脉绵延无阙处，
重岩叠嶂遮天光。
自非正午与夜半，
不见曦日明月朗。

至于夏水涨陵岗，
下行上溯皆阻航。
或有王命急宣召，
白帝昼到江陵港，
其间千二百里路，
乘马风驰难比量。

春冬素湍绿潭平，
回清倒影幻景象。
绝峰峭壁多怪柏，
悬泉瀑布飞流降，

波清树荣山峻茂，
良多趣味足品赏。

秋至晴初或霜旦，
林寒涧肃猿啸长，
哀转久绝响空谷，
凄声更伴渔歌唱：
“巴东三峡巫峡长，
猿鸣三声泪沾裳！”

原作对照

自三峡七百里中，两岸连山，略无阙处。重岩叠嶂，隐天蔽日。自非亭午夜分，不见曦月。

至于夏水襄陵，沿溯阻绝。或王命急宣，有时朝发白帝，暮到江陵，其间千二百里，虽乘奔御风，不以疾也。

春冬之时，则素湍绿潭，回清倒影。绝巘多生怪柏，悬泉瀑布，飞漱其间，清荣峻茂，良多趣味。

每至晴初霜旦，林寒涧肃，常有高猿长啸，属引凄异，空谷传响，哀转久绝。故渔者歌曰：“巴东三峡巫峡长，猿鸣三声泪沾裳！”

作者简介

郦道元(472年—527年),字善长,范阳涿县(今河北省涿州市)人。北魏杰出地理学家。历任多地太守、刺史,在任关右大使去平叛时为叛将萧宝夤所害。郦道元博览群书,一生对我国的自然、地理作了大量的调查考证和研究工作,并经实地考察,写成了长达30万字的地理巨著《水经注》。

《水经注》是第一部完整记录我国河流山川地貌的书,记述了全国1252条河流及其流域所属的地理情况、建制沿革、历史事件及民间传说,为自然科学和人文科学提供了丰富的研究资料,是我国最全面、最系统的综合性地理著作。该书还记录了碑刻墨迹和渔歌民谣,文笔雄健俊美,语言清丽,具有突出的文学价值。

作品说明

三峡由瞿塘峡、巫峡、西陵峡构成,实际全长约193千米。作者采取先总后分的方法,以四段按季节分层次写出了三峡四季的特色。第一段总写三峡,突出山高峡长的特点;第二段写夏季三峡情景,突出水势凶险及水流湍急;第三段写春冬时三峡,重在突出"良多趣味";第四段写深秋三峡,突出凄清肃杀的氛围。作者善取富有特征性的事物,从"山""水"两方面描写三峡自然景观,呈现出三峡雄奇险拔、清幽秀丽的景色。

滕王阁序(原作者王勃)

豫章汉时系故郡，
洪都于今开新府。
仰观天星分翼轸，
遥看地势接衡庐。
上控蛮荆引瓯越，
下襟三江带五湖。
物华天宝竞奇异，
剑气光射牛斗窟；
人杰地灵多贤才，
徐孺下榻陈蕃处。
雄州雾列眼迷漫，
俊采星驰人辈出。
夷夏之交枕城池，
东南之美尽宾主。
都督阎公寄雅望，
棨戟遥临宴群儒；
宇文新州垂懿范，
襜帷暂驻会旧故。

十旬休假虽一聚，
胜友如云得新晤；
千里逢迎漫道远，
高朋满座已近熟。
腾蛟起凤孟学士，
文坛词宗开门户；
紫电青霜王将军，
兵家翘楚拥武库。
家君作宰交趾令，
路经名区予向慕；
童子何知今日幸，
躬逢胜饯此生福。

时维九月清丽天，
序属三秋艳阳出。
潦水尽而寒潭清，
烟光凝而紫山暮。
寻访风景于崇阿，
策马驱车于上路。
偶临帝子之长洲，
欣得仙人之旧墅。
层台耸翠出重霄，
飞阁流丹临高阜。

鹤汀凫渚岛屿萦，
桂殿兰宫平冈矗。

披开绣闼犹锦帘，
俯看雕甍唯绮户。
山原旷远盈满目，
川泽纡绕惊骇瞩。
闾阎扑地鳞栉起，
钟鸣鼎食是华屋；
舸舰迷津帆樯竖，
青雀黄龙置舳舻。
云销雨霁湖已平，
日朗风清舟自渡。
长天秋水共一色，
落霞孤鹜齐飞舞。
渔舟唱晚响彭蠡，
雁阵声断衡阳浦。

遥望舒襟甫畅时，
逸兴从心遄飞露。
爽籁发而清风生，
纤歌凝而白云阻。
气凌彭泽樽与觚，

睢园绿竹神似初；
光照临川笔共墨，
邺水朱华韵如故。
古来四美今已具，
二难并得更胜古。
穷尽睇眄中天阔，
极至娱游暇日舒。
天高地迥广而远，
蓦觉宇宙无穷路；
兴尽悲来从中起，
方识盈虚终有数。
眺望日下是长安，
纵目云间会于吴。
地势极而南溟深，
天柱高而北辰孤。
萍水相逢他乡客，
关山难越悲失途。
心怀帝阍而不见，
盼奉宣室何年赴？

嗟乎时运多不济，
命途多舛不唯苦。
冯唐易老春秋逝，

李广难封鬓成暮。
枉屈贾谊于长沙，
并非京师无圣主；
误窜梁鸿于海曲，
岂乏明时当于途？
所赖君子能安贫，
达人知命唯意足。
老当益壮犹年少，
白首之心宁移不？
穷且益坚莫蹉跎，
青云之志不坠覆。
可酌贪泉而觉爽，
能处涸辙以欢度。
北海虽远扶摇接，
东隅已逝桑榆补。
气节高洁且磊落，
孟尝报国心徒苦；
行色猖狂亦狼狈，
岂效阮籍穷途哭！

三尺微命予王勃，
一介书生少用途。
年届终军之弱冠，

无路请缨随征出；
素慕宗悫之长风，
有心投笔从戎戍。
愿舍簪笏百龄误，
甘奉晨昏万里赴。
虽非谢家之宝树，
却接孟氏芳邻护。
他日趋庭陪鲤对，
今兹捧袂龙门扶。
相如不逢杨得意，
自惜凌云空自抚；
伯牙既遇钟子期，
何惭流水奏不足？

呜乎胜地不常存，
盛筵难再叙契阔。
兰亭已矣成陈迹，
梓泽丘墟徒湮没。
承恩伟饯赠言别，
所望群公作赋多。
敢竭鄙怀疏短引，
一言均赋四韵克。
请洒潘岳三江才，

各倾陆机四海墨。

原作对照

豫章故郡，洪都新府。星分翼轸，地接衡庐。襟三江而带五湖，控蛮荆而引瓯越。物华天宝，龙光射牛斗之墟；人杰地灵，徐孺下陈蕃之榻。雄州雾列，俊采星驰。台隍枕夷夏之交，宾主尽东南之美。都督阎公之雅望，棨戟遥临；宇文新州之懿范，襜帷暂驻。十旬休假，胜友如云；千里逢迎，高朋满座。腾蛟起凤，孟学士之词宗；紫电青霜，王将军之武库。家君作宰，路出名区；童子何知，躬逢胜饯。

时维九月，序属三秋。潦水尽而寒潭清，烟光凝而暮山紫。俨骖𬴂于上路，访风景于崇阿。临帝子之长洲，得仙人之旧馆。层台耸翠，上出重霄；飞阁流丹，下临无地。鹤汀凫渚，穷岛屿之萦回；桂殿兰宫，列冈峦之体势。

披绣闼，俯雕甍，山原旷其盈视，川泽纡其骇瞩。闾阎扑地，钟鸣鼎食之家；舸舰迷津，青雀黄龙之舳。云销雨霁，彩彻区明。落霞与孤鹜齐飞，秋水共长天一色。渔舟唱晚，响穷彭蠡之滨；雁阵惊寒，声断衡阳之浦。

遥襟甫畅，逸兴遄飞。爽籁发而清风生，纤歌凝而白云遏。睢园绿竹，气凌彭泽之樽；邺水朱华，光照临川之笔。四美具，二难并。穷睇眄于中天，极娱游于暇日。天高地迥，觉宇宙之无穷；兴尽悲来，识盈虚之有数。望长安于日下，目吴会于云间。地势极而南溟深，天柱高而北辰远。关山难越，谁悲失路之人；萍水相逢，尽是他乡之客。怀帝阍而不见，奉宣室以何年？

嗟乎！时运不济，命途多舛。冯唐易老，李广难封。屈贾谊于长沙，非无圣主；窜梁鸿于海曲，岂乏明时？所赖君子安贫，达人知命。老当益壮，宁移白首之心？穷且益坚，不坠青云之志。酌贪泉而觉爽，处涸辙以犹欢。北海虽赊，扶摇可接；东隅已逝，桑榆非晚。孟尝高洁，空余报国之情；阮籍猖狂，岂效穷途之哭！

勃，三尺微命，一介书生。无路请缨，等终军之弱冠；有怀投笔，慕宗悫之长风。舍簪笏于百龄，奉晨昏于万里。非谢家之宝树，接孟氏之芳邻。他日趋庭，叨陪鲤对；今兹捧袂，喜托龙门。杨意不逢，抚凌云而自惜；钟期既遇，奏流水以何惭？

呜呼！胜地不常，盛筵难再；兰亭已矣，梓泽丘墟。临别赠言，幸承恩于伟饯；登高作赋，是所望于群公。敢竭鄙怀，恭疏短引。一言均赋，四韵俱成。请洒潘江，各倾陆海云尔。

作品说明

滕王阁在今江西省南昌市赣江之畔，唐高祖之子滕王李元婴任洪州都督时始建。

唐高宗上元二年(675 年)，王勃前往交趾(今越南河内西北)看望任县令的父亲，路过南昌，正赶上洪州牧阎伯屿在滕王阁集宴，王勃当场挥毫，写下了这篇著名的骈文。

本文原题是《秋日登洪府滕王阁饯别序》，全文紧扣题目谋篇布局。第一段概写洪州地势雄伟，物产华美，人才优秀，宾主尊贵；第二、三两段写寒水暮山，长洲楼阁，山原川泽，秋水长天，展示了壮美秀丽的滕王阁秋景；第四段集中笔墨写阁中宴会场面，盛赞与会文人雅士之气概和风采；后面三段，笔锋转为慨叹人生艰难、命运多舛，表达了正视现实、奋发向上的人生态度，并交代幸逢盛会，应命作序。全文由地及人、由人及景、由景及情，步步递进，层层扣题，一气呵成。

阿房宫赋（原作者杜牧）

六王毕于秦，
四海一归独。
巍巍蜀山兀，
煌煌阿房出。
覆压三百里，
遮天蔽日曙。
骊山自北构，
西折咸阳途。
二川溶溶流，
蜿蜒宫墙入。
五步飞一楼，
十步耸一屋；
廊腰缦回折，
檐牙高啄出；
各抱地势起，
钩心斗角矗。
盘盘又囷囷，
蜂房水涡复；

何知千万落，
高矗犹难数。
长桥卧清波，
未云何龙驻？
复道更行空，
不霁何虹布？
高低冥迷人，
不知西东处。
歌台暖响里，
春光融融入；
舞殿冷袖下，
风雨凄凄出。
一日一宫间，
四季转寒暑。

妃嫔媵嫱群，
王子皇孙族，
辞楼下殿去，
辇来于秦都。
朝歌继夜弦，
为秦宫人舞。
明星闪荧荧，
开镜理妆束；

绿云纷扰扰，
晓鬟正整梳；
渭流涨腻红，
弃脂泛浊污；
烟斜雾迷横，
椒兰焚香服。
雷霆乍惊耳，
宫车掠眼突；
辘辘追远听，
杳不见往处。
一肌一容姿，
尽态极妍酷；
缦立远视久，
长望幸之属；
有不得见者，
三十六年苦。

燕赵收奇珍，
韩魏敛宝物，
齐楚积精品，
几世累年储，
剽掠百姓财，
倚叠如山矗；

一旦六国丧，
倾向此宫输。
鼎铛玉石堆，
金块珠砾铺，
弃掷逦迤路，
秦人何一顾！

一人心所羡，
万人心所慕。
秦之爱纷奢，
人亦念家足。
奈何取锱铢，
用之如泥污？
竟使负栋柱，
多于农田夫；
滥架梁之椽，
多于织机妇；
钉头磷磷者，
多于庾之粟；
瓦缝参差者，
多于帛缕数；
直栏交横槛，
多于千城府；

管弦呕哑声，
多于人言诉。
独夫心骄固，
天下皆为奴，
敢怒不敢言，
一言起而诛。
但听戍卒叫，
一举破函谷，
楚人付一炬，
可怜俱焦土。

六国乃自灭，
非秦灭呜呼；
秦非天下灭，
亦其自作缚。
六国若爱人，
拒秦则共足；
若秦爱六国，
岂递二世黜？
可至万世君，
谁得而灭族？
秦自不暇哀，
后人哀其恶；

后哀而不鉴，
更后哀其覆！

原作对照

六王毕，四海一，蜀山兀，阿房出。覆压三百余里，隔离天日。骊山北构而西折，直走咸阳。二川溶溶，流入宫墙。五步一楼，十步一阁；廊腰缦回，檐牙高啄；各抱地势，钩心斗角。盘盘焉，囷囷焉，蜂房水涡，矗不知其几千万落。长桥卧波，未云何龙？复道行空，不霁何虹？高低冥迷，不知西东。歌台暖响，春光融融；舞殿冷袖，风雨凄凄。一日之内，一宫之间，而气候不齐。

妃嫔媵嫱，王子皇孙，辞楼下殿，辇来于秦。朝歌夜弦，为秦宫人。明星荧荧，开妆镜也；绿云扰扰，梳晓鬟也；渭流涨腻，弃脂水也；烟斜雾横，焚椒兰也。雷霆乍惊，宫车过也；辘辘远听，杳不知其所之也。一肌一容，尽态极妍，缦立远视，而望幸焉；有不得见者，三十六年。

燕赵之收藏，韩魏之经营，齐楚之精英，几世几年，剽掠其人，倚叠如山；一旦不能有，输来其间。鼎铛玉石，金块珠砾，弃掷逦迤，秦人视之，亦不甚惜。

嗟乎！一人之心，千万人之心也。秦爱纷奢，人亦念其家。奈何取之尽锱铢，用之如泥沙？使负栋之柱，多于南亩之农夫；架梁之椽，多于机上之工女；钉头磷磷，多于在庾之粟粒；瓦缝参差，多于周身之帛缕；直栏横槛，多于九土之城郭；管弦呕哑，多于市人之言语。使天下之人，不敢言而敢怒。独夫之心，日益骄固。戍卒叫，函谷举，楚人一炬，可怜焦土。

呜呼！灭六国者六国也，非秦也；族秦者秦也，非天下也。嗟夫！使六国各爱其人，则足以拒秦；使秦复爱六国之人，则递三世可至万世而为君，谁得而族灭也？秦人不暇自哀，而后人哀之；后人哀之而不鉴之，亦使后人而复哀后人也。

作者简介

杜牧(803 年—852 年)，字牧之，号樊川，京兆万年(今陕西省西安市)人。晚唐著名诗人和文学家。杜牧二十岁博通经史，二十三岁写成传诵于世的《阿房宫赋》；二十六岁中进士，曾任黄州、池州、睦州、湖州刺史等职，官至中书舍人(起草诏令、执掌制诰的官员)。杜牧在政治、军事、文学方面皆有出众才华，尤以文才著称。他的诗、赋、文均在名家之列，尤擅长篇五言和七律，内容多以咏史抒怀为主，清丽质朴，英发俊爽，在晚唐成就颇高，与晚唐另一位著名的诗人李商隐齐名，并称“小李杜”。有《樊川文集》等传世。

作品说明

这是一篇借古讽今的赋体散文。本文前三段描写阿房宫的雄伟壮观及宫中荒淫奢靡的生活，为下文的议论设伏；第四段写秦王朝的奢靡给人民带来的深重灾难，指出秦王朝必然灭亡的命运；第五段总结六国和秦灭亡的历史教训，提醒当朝统治者不要重蹈亡秦的覆辙。作者通过描写阿房宫的兴与毁，总结了秦朝统治者骄奢亡国的历史教训，向唐朝统治者发出警告，表现出清醒、警世的忧国忧民、匡世济俗的情怀。

岳阳楼记(原作者范仲淹)

改诗新纂

庆历四年滕子京，
春来谪守巴陵郡。
政通人和翌年起，
百废俱兴气象新。
重修旧制岳阳楼，
诗刻其上唐与今。
嘱予作文记之时，
六年九月十五竣。

予观巴陵多胜状，
最在洞庭一湖韵。
气吞长江衔远山，
水天浩荡际无垠，
朝晖夕阴万千象，
前人登楼备有论。
南极潇湘水婉约，
北通巫峡山险峻，
迁客骚人多会此，

得无异乎览物心？

若夫淫雨霏霏下，
连月不开天色阴；
浊浪排空风怒号，
山岳潜形日星隐；
商旅不行樯橹倾，
虎啸猿啼薄暮昏。
此时登楼观斯景，
则有去国怀乡心，
忧谗畏讥情自沉，
满目萧然感悲辛。

至若春和景明日，
波澜不惊柔风熏；
上下天光万顷碧，
沙鸥翔集游锦鳞；
岸芷汀兰青郁郁，
长烟一空无穷尽。
而或皓月照千里，
浮光跃金波粼粼，
静影沉璧映湖心，
渔歌互答起清音。

此乐何极登斯楼，
心旷神怡舒胸襟，
宠辱偕忘喜洋洋，
把酒临风仰天吟。

今予尝求古仁心，
或异二者为何因？
不以物喜而窃喜，
不以己悲逆心神。
高居庙堂忧其民，
远处江湖忧其君。
是进亦忧退亦忧，
然则何时乐其心？
先天下之忧而忧，
情系九鼎报国恩；
后天下之乐而乐，
意存千秋爱民心。
吾与谁归唯斯人，
《岳阳楼记》请君吟。

原作对照

庆历四年春，滕子京谪守巴陵郡。越明年，政通人和，百废具兴，乃重修岳阳楼，增其旧制，刻唐贤今人诗赋于其上。属予作文以记之。

予观夫巴陵胜状，在洞庭一湖。衔远山，吞长江，浩浩汤汤，横无际涯；朝晖夕阴，气象万千。此则岳阳楼之大观也，前人之述备矣。然则北通巫峡，南极潇湘，迁客骚人，多会于此，览物之情，得无异乎？

若夫淫雨霏霏，连月不开，阴风怒号，浊浪排空；日星隐曜，山岳潜形；商旅不行，樯倾楫摧；薄暮冥冥，虎啸猿啼。登斯楼也，则有去国怀乡，忧谗畏讥，满目萧然，感极而悲者矣。

至若春和景明，波澜不惊，上下天光，一碧万顷；沙鸥翔集，锦鳞游泳；岸芷汀兰，郁郁青青。而或长烟一空，皓月千里，浮光跃金，静影沉璧，渔歌互答，此乐何极！登斯楼也，则有心旷神怡，宠辱偕忘，把酒临风，其喜洋洋者矣。

嗟夫！予尝求古仁人之心，或异二者之为，何哉？不以物喜，不以己悲；居庙堂之高则忧其民，处江湖之远则忧其君。是进亦忧，退亦忧。然则何时而乐耶？其必曰："先天下之忧而忧，后天下之乐而乐"乎。噫！微斯人，吾谁与归？

时六年九月十五日。

作品说明

岳阳楼，位于今湖南省岳阳市西北、洞庭湖东岸，始建于220年前后三国东吴时期。

宋仁宗庆历六年（1046年）九月十五日，范仲淹应好友巴陵郡守滕子京之请，为重修的岳阳楼写了这篇《岳阳楼记》。

该文第一段为引子，交代作记的缘起；第二段极写洞庭湖的壮观景象，并由景转至“览物之情”，在于引出下文的主体；第三、四两段并列，一阴一晴，一悲一喜，写出情因景生的两种截然相反的人生情境；第五段，作者指出了另一种更高的人生境界：“不以物喜，不以己悲”，表达出作者“先天下之忧而忧，后天下之乐而乐”的高尚的思想情操，点明了全篇的主旨。

醉翁亭记(原作者欧阳修)

环滁皆山合四围，
西南诸峰林壑美，
望之蔚然深秀者，
山名琅琊满目翠。
欣然山行六七里，
渐闻溪声潺潺水；
泻出两峰是酿泉，
峰回路转一亭飞；
此亭名为醉翁亭，
翼然临于泉上隈。
作亭山僧号智仙，
起名太守予自谓。
太守与客饮于此，
自号醉翁饮辄醉。
醉翁之意不在酒，
在乎山水之间美。
山水之乐每多趣，

得之于心酒作媒。

若夫日出林霏开，
岩穴却暝是云归，
山间朝暮分旦夕，
但观流光明与晦。
野芳发而幽香浮，
佳木秀而繁阴垂，
风霜高洁水出石，
山间四时换景推。
朝往暮归山色异，
乐亦无穷四时随。

至于负者歌于途，
行者休于树下寐，
伛偻提携前后应，
游人不绝相往回。
酿泉为酒泉香洌，
临溪而渔溪鱼肥。
山肴野蔌杂然陈，
太守盛宴素淡味。
宴酣之乐非丝竹，
投壶弈棋胜者嗨，

起坐喧哗众宾欢，
觥筹交错不停杯。
其间苍颜白发者，
太守颓然已自醉。

已而夕阳衔山下，
人影散乱宾主归。
树林阴翳游人去，
禽鸟鸣声上下飞。
禽鸟虽知山林乐，
不知众人乐何为。
众知从游太守乐，
不知太守乐其谁？
太守醉能同众乐，
醒能述之以文对。
是记庐陵欧阳修，
乐为众乐志永岁。

原作对照

环滁皆山也。其西南诸峰，林壑尤美，望之蔚然而深秀者，琅琊也。山行六七里，渐闻水声潺潺而泻出于两峰之间者，酿泉也。峰回路转，有亭翼然临于泉上者，醉翁亭也。作亭者谁？山之僧智仙也。名之者谁？太守自谓也。太守与客来饮于此，饮少辄醉，而年又最高，故自号曰醉翁也。醉翁之意不在酒，在乎山水之间也。山水之乐，得之心而寓之酒也。

若夫日出而林霏开，云归而岩穴暝，晦明变化者，山间之朝暮也。野芳发而幽香，佳木秀而繁阴，风霜高洁，水落而石出者，山间之四时也。朝而往，暮而归，四时之景不同，而乐亦无穷也。

至于负者歌于途，行者休于树，前者呼，后者应，伛偻提携，往来而不绝者，滁人游也。临溪而渔，溪深而鱼肥；酿泉为酒，泉香而酒洌；山肴野蔌，杂然而前陈者，太守宴也。宴酣之乐，非丝非竹，射者中，弈者胜，觥筹交错，起坐而喧哗者，众宾欢也。苍颜白发，颓然乎其间者，太守醉也。

已而夕阳在山，人影散乱，太守归而宾客从也。树林阴翳，鸣声上下，游人去而禽鸟乐也。然而禽鸟知山林之乐，而不知人之乐；人知从太守游而乐，而不知太守之乐其乐也。醉能同其乐，醒能述以文者，太守也。太守谓谁？庐陵欧阳修也。

作品说明

醉翁亭，位于今安徽省滁州市西南的琅琊山麓，始建于北宋庆历六年（1046 年），由欧阳修命名。

此记作于宋仁宗庆历六年（1046 年），是欧阳修支持范仲淹改革失败后，被贬为滁州太守的次年所作。巧合的是，范仲淹《岳阳楼记》也是作于同一年。

《醉翁亭记》，贯穿全文的主线是“乐”字。第一、二段重点是写景，先写亭子的地理位置、建造者和得名缘由，再写亭子四周早晚和四季不同景色，突出“无穷之乐”；第三、四段重点是写游，先写滁州人出游，或歌或行，前呼后应，往来不绝，再写到肥鱼泉酒、山肴野蔌的太守宴，以及夹杂在众人中的太守的醉态，最后写禽鸟乐、宾客乐、太守乐的三种不同内容和感情对比，表达作者寄情山水、与民同乐、乐民之乐的高尚、豁达情怀，也彰显出作者贬官逆境中仍然积极乐观的人生态度。

爱莲说(原作者周敦颐)

改诗新纂

水陆草木花之俏，
可爱甚蕃可心描。
晋独爱菊陶渊明，
自唐盛爱牡丹娇。
予独爱莲生之洁，
出凡脱俗品自高；
根植淤泥而不染，
叶濯清涟而不妖；
中通外直不蔓枝，
香远益清韵致妙；
不可亵玩可远观，
亭亭净植活写照。

予谓菊乃花隐士，
牡丹富贵却显要，
莲为花中清君子，
淡泊宁静亦逍遥。
爱菊陶后鲜有闻，

牡丹众爱犹不少；
爱莲知己何处觅，
天下谁人予同好？

原作对照

水陆草木之花，可爱者甚蕃。晋陶渊明独爱菊。自李唐来，世人盛爱牡丹。予独爱莲之出淤泥而不染，濯清涟而不妖，中通外直，不蔓不枝，香远益清，亭亭净植，可远观而不可亵玩焉。

予谓菊，花之隐逸者也；牡丹，花之富贵者也；莲，花之君子者也。噫！菊之爱，陶后鲜有闻；莲之爱，同予者何人？牡丹之爱，宜乎众矣。

作者简介

周敦颐（1017 年—1073 年），字茂叔，号濂溪，道州（今湖南省道县）人。北宋著名哲学家、理学创始人。他以孔、孟儒学为主干，吸收道家、佛家思想精华，糅合《周易》，初步建立了一套综合探讨哲学问题的理论体系，他的《太极图说》、《通书》等著作成为理学的经典文献，其理学思想在中国哲学史上起了承前启后的作用。有《周元公集》等。

作品说明

这篇作品前一部分以菊花和牡丹为衬托，表明自己独爱莲花，并从生长环境、体态香气、风度气质三个方面对莲花高洁的形象进行铺排描绘；后一部分通过与菊花的“隐逸”、牡丹的“富贵”相比较，点明莲花的“君子”形象，表明作者洁身自好的生活态度和君子情结。全文托物言志，通过对莲花的描写，歌颂了其“出淤泥而不染”的美德，表达了作者不与世俗同流合污的高尚品格和对追名逐利世态的鄙弃和厌恶。

赤壁赋(原作者苏轼)

改诗新纂

壬戌之秋，
七月既望，
苏子偕客，
泛舟长江。
赤壁之下，
碧流之上，
清风徐来，
水波不荡。
举酒属客，
斟酌交觞。
诗诵明月，
窈窕炫章。
少顷月出，
东山吐光，
徘徊斗牛，
扶摇直上。
水光接天，
白露横江。

舟如一苇，
凌波苍茫。
乘虚腾空，
御风浩荡，
不觉其止，
焉知所往；
孤舟独立，
遗世飘荡，
羽化登仙，
心驰神往。

饮酒众乐，
扣舷吟唱：
“桂棹兰桨，
击水流光。
渺渺予怀，
眺美远方。”
客吹洞箫，
倚歌和吭，
其声呜呜，
黯然凄凉；
如怨如慕，
泣诉叠响；

余音袅袅，
如缕绵长；
似于幽壑，
潜蛟张狂；
如在孤舟，
嫠妇泣伤。

苏子愀然，
忐忑惆怅，
正襟危坐，
问客缘方。
客诵曹诗，
《短歌》摘唱：
“‘月明星稀’，
曹诗雄壮。
西望夏口，
东望武昌，
山川相缪，
郁乎苍苍；
孟德困此，
奈何周郎？
其破荆州，
江陵告亡，

舳舻千里，
顺流东向，
旌旗蔽空，
壮哉大江；
横槊赋诗，
酾酒临江，
一世之雄，
今在何方？
况吾与子，
渔樵江上，
友侣鱼虾，
麋鹿陪傍，
驾叶扁舟，
匏樽频向。
寄命蜉蝣，
天地各方，
沧海一粟，
吾生哀伤；
须臾所羡，
无穷长江。
挟仙遨游，
抱月终长。
知不可得，

悲风遗响。”

苏子闻言，
备究端详：
“客亦知否，
水月共长？
逝者如斯，
未尝过往；
盈虚如彼，
卒莫消长。
盖自其变，
观之异样，
不过一瞬，
天地沧桑。
自其不变，
观则无妨，
物我无尽，
何羡长江！
天地万物，
属主各方，
苟非吾有，
毫不入囊。
惟余江风，

山月朗朗，
耳得为声，
目遇呈光，
取之无禁，
用之不爽。
是谓造物，
施无尽藏，
而吾与子，
共适韶光。”

客喜而笑，
洗盏更觞。
肴核既尽，
杯盘留香。
相与扶醉，
枕藉一舱。
酣梦不晓，
既白东方。

原作对照

壬戌之秋，七月既望，苏子与客泛舟，游于赤壁之下。清风徐来，水波不兴。举酒属客，诵明月之诗，歌窈窕之章。少焉，月出于东山之上，徘徊于斗牛之间。白露横江，水光接天。纵一苇之所如，凌万顷之茫然。浩浩乎如冯虚御风，而不知其所止；飘飘乎如遗世独立，羽化而登仙。

于是饮酒乐甚，扣舷而歌之。歌曰："桂棹兮兰桨，击空明兮溯流光；渺渺兮予怀，望美人兮天一方。"客有吹洞箫者，倚歌而和之，其声呜呜然，如怨如慕，如泣如诉；余音袅袅，不绝如缕，舞幽壑之潜蛟，泣孤舟之嫠妇。

苏子愀然，正襟危坐，而问客曰："何为其然也？"客曰："'月明星稀，乌鹊南飞'，此非曹孟德之诗乎？西望夏口，东望武昌，山川相缪，郁乎苍苍，此非孟德之困于周郎者乎？方其破荆州，下江陵，顺流而东也，舳舻千里，旌旗蔽空，酾酒临江，横槊赋诗，固一世之雄也，而今安在哉？况吾与子渔樵于江渚之上，侣鱼虾而友麋鹿，驾一叶之扁舟，举匏樽以相属。寄蜉蝣于天地，渺沧海之一粟。哀吾生之须臾，羡长江之无穷。挟飞仙以遨游，抱明月而长终。知不可乎骤得，托遗响于悲风。"

苏子曰："客亦知夫水与月乎？逝者如斯，而未尝往也；盈虚者如彼，而卒莫消长也。盖将自其变者而观之，则天地曾不能以一瞬；自其不变者而观之，则物与我皆无尽也，而又何羡乎！且夫天地之间，物各有主，苟非吾之所有，虽一毫而莫取。惟江上之清风，与山间之明月，耳得之而为声，目遇之而成色，取之无禁，用之不竭，是造物者之无尽藏也，而吾与子之所共适。"

客喜而笑，洗盏更酌。肴核既尽，杯盘狼藉。相与枕藉乎舟中，不知东方之既白。

作品说明

《赤壁赋》亦称《前赤壁赋》，写于1082年农历七月，苏轼时因"乌台诗案"被贬黄州。第一段写夜游赤壁的情景，展现了一个诗情画意的境界；第二段写作者饮酒放歌的欢乐和客人悲凉的箫声，感情由欢乐转为悲凉，引起下文主客问答的议论；第三段写客人对人生短促无常的感叹，这是苏轼借客人之口抒发对天地人生的感慨；第四段是苏轼针对客人的感叹，借水与月的消长变化提出自己的见解：人应该丢开个人的愁怀，尽情欣赏大自然的美妙风光，怀抱豁达开朗的心情；第五段写客人听了作者的一番谈话后，转悲为喜，开怀畅饮，照应开头。全文通过月夜泛舟、饮酒赋诗引出主客对话的描写，表现了作者吊古伤今但矢志不移的情怀和豁达坦然的人生态度。

参考文献

[1]《中国历代文学作品选》(上篇·第一册),朱东润主编,上海古籍出版社,1979年7月第1版。
[2]《中国历代文学作品选》(上篇·第二册),朱东润主编,上海古籍出版社,1979年10月第1版。
[3]《中国历代文学作品选》(下篇·第一册),朱东润主编,上海古籍出版社,1980年11月第1版。
[4]《唐宋词一百首》,胡云翼选注,上海古籍出版社,1978年7月第1版。
[5]《元散曲一百首》,萧善因选注,上海古籍出版社,1982年2月第1版。
[6]《汉魏六朝诗一百首》,王守华等选注,上海古籍出版社,1981年3月第1版。
[7]《楚辞选译》,陆侃如等选译,上海古籍出版社,1981年2月第1版。
[8]《唐诗一百首》,本社编,上海古籍出版社,1986年1月第1版。
[9]《宋代散文选注》,王水照选注,上海古籍出版社,1978年11月第1版。